厭談
畏ノ怪

夜馬裕

竹書房
怪談
文庫

目次

※「深淵に至る」は『怪談最恐戦2020』に収録されました「訳ありのバイト」を大幅に加筆の上、改題した完全版です。

※本書は体験者および関係者に実際に取材した内容をもとに書き綴られた怪談集です。体験者の記憶と主観のもとに再現されたものであり、掲載するすべてを事実と認定するものではございません。あらかじめご了承ください。
※本書に登場する人物名は、様々な事情を考慮してすべて仮名にしてあります。また、作中に登場する体験者の記憶と体験当時の世相を鑑み、極力当時の様相を再現するよう心がけています。今日の見地においては若干耳慣れない言葉・表記が記載される場合がございますが、これらは差別・侮蔑を助長する意図に基づくものではございません。

神隠しマンション

「美人薄命っていう言葉ありますよね。美しいけれど、病弱だったり運命にもてあそばれたりして、不幸せで短命に終わる……。由紀は、まさにそんな人でした」

酒場で出遭うといつも陽気な祥輔さんも、恋人のことを語る時だけは、表情が曇って辛そうに俯いてしまう。

「そんなに背は高くないし華奢なんですが、手足がすらりと長くて、肩甲骨まで届く黒髪が似合っていました。目が細くて薄めの顔立ちだし、化粧も濃くないから、一見地味な子なんですけど、よく見ると落ち着いた雰囲気のすっきりした美人なんです。

自己主張はそんなにしないというか、すごく人に気を遣う子で、仕事のやり方も、人への接し方も、とにかく丁寧で優しい子でした。それなのに……」

ある日、祥輔さんが管轄する営業チームに、由紀さんという営業事務の女性が新しく配属されることになった。

仙台支店から東京本社への転勤なので、てっきり地方から本社への栄転だと思っていたが、周囲が噂するところによると、三年前まで本社の経理にいた女性が、内部告発で横領を疑われて一旦支社へ左遷になり、やっと本社へ帰って来られたのだという。

当時は創業家の三代目社長が何でも決めるワンマン経営だったが、この三代目がやたらと疑り深い性格で、常に千人近い社員の動向に目を光らせており、当然のように社員同士のメールを盗み見しては、誰が会社の悪口を言っているのか、誰が自分に逆らおうとしているのかを、異様な神経質さで監視していた。

そのせいで社長の太鼓持ちばかりが出世してしまい、優秀な若者は次々に転職していくので、先代が大きく伸ばした会社の業績は、徐々に右肩下がりになっていく。

しかも、「仕事をサボっている」「経営陣の悪口を言っている」など、社員からの内部告発が推奨されており、まともな調査もせずに社長がどんどん処罰するので、さながら魔女狩りの様相を呈して、職場の雰囲気は最悪なほどに澱(よど)んでいた。

由紀さんも同僚の女性から、「借金まみれの恋人がいる」「だからいつ会社のお金を横領するかわからない」という、ただの悪口のような内部告発を受けたのだが、告発者が後に明かしたところによると、社内恋愛中の彼氏が由紀さんのことを「清楚な美人」と褒めたのが気に入らなかったのが理由で、ただの嫉妬によるとばっちりであった。

勤務態度は真面目なうえに、当然ながら調査しても横領の事実など一切なかったが、ただ由紀さんが当時付き合っていた男性は、実際にギャンブル癖があり、多額の借金があるバーテンダーではあったので、どうやらこれが社長の癇に障った。

社長は、「経理の仕事をする者が借金男と交際するなんて職業意識に欠ける。たとえ横領がなかったとしても、『李下に冠を正さず』という言葉を知らないのか！」と激怒し、由紀さんは男と別れるという内容の念書を書かされたうえで、東京から一番遠い仙台支店へと転勤を命じられてしまった。

それでも由紀さんは、恋人の勇也さんとは別れようとは思わなかった。

「離れても由紀が大好きだから、東京に戻って来るのを待ってるよ」という言葉を信じ、由紀さんは彼のことを一途に想いながら、隠れて遠距離恋愛をするつもりでいた。

ただ、会社側の監視は思いのほか厳しく、由紀さんは外泊禁止の社員寮へ強制的に住まわされたうえに、由紀さんだけは休日も夜九時までに部屋へ戻ることが義務づけられており、転勤してから半年が過ぎても、一度も勇也さんに会うことができなかった。

せめて電話で声くらいは聞きたいのだが、由紀さんは昼職、勇也さんは夜職なので、生活リズムが違いすぎて、それすらもままならない。

当初は毎日、文章でメッセージを送っていたのだが、書くことにマメではない彼からの返信が滞りがちで、そうなるとあまりしつこく送るのも申し訳なく、由紀さんが連絡を少しずつ控えるうちに、二人が連絡を交わす間隔は次第に空いていった。

そして一年を待たずして、勇也さんからの返信はぷっつりと途絶えてしまった。


由紀さんは、口ごたえを許さない厳格な両親に育てられた。

おかげで人の機嫌を損ねないように先回りし、常に周囲の顔色を窺(うかが)うような性格になってしまい、それはワンマン社長の会社に就職したことでよりいっそう悪化した。

由紀さんはそんな自分のことが嫌で仕方なく、やがて仕事以外の世界がほしい、自分を解放できる場所がほしい……と思うようになっていた。

趣味といえるものがなかった由紀さんは、自分の思う「ちょっと悪い大人の遊び」として、繁華街のバーで独り飲みをするようになった。

最初こそ緊張してろくに会話もできなかったが、やがて酒場で飲むことにも慣れてくると、本名も知らない人間との、利害関係のない気軽な会話は思いのほか楽しく、すっかりバー巡りにはまっていった。

もちろん、バーで会話する程度で染みついた性格が変わりはしなかったし、男性からすぐに口説かれるのも面倒だったが、それでも仕事以外の居場所ができるだけで、由紀さんの心には小さな余裕ができた。


そんな頃、初めて立ち寄った店で、バーテンダーとして立つ勇也さんと出逢った。

二十代の頃はモデルをしていたこともある勇也さんは、長身の細身でスタイルが良く、白シャツに黒のベストというフォーマルな恰好が良く似合っていた。

聞き上手なので自然と会話が弾むうえ、話題が豊富で相手を飽きさせない。

実年齢の三十代後半には見えない童顔なのだが、カウンターで酒をつくる時などは、少し翳(かげ)のある大人の色気を漂わせていて、由紀さんは瞬く間に夢中になってしまった。

いざ付き合ってみると、勇也さんは借金をするほどのギャンブル好きだったり、仲の良い女友達が多くて、いつも浮気の心配をさせられたりと、決して良いことばかりではなかったが、それでも由紀さんにはいつも優しく、たくさんの愛情を注いでくれたので、彼と過ごしている間は、自分が特別なものに思えて幸せだった。

だからこそ、由紀さんは遠距離恋愛になっても、勇也さんとの関係は大切に続けたかった。会社がいつまでも東京へ戻してくれなければ、仕事を辞めてでも彼に会いに行こうと思い、一年かけてコツコツ貯金もしていたくらいだ。

それなのに、勇也さんは連絡しても返信すら寄越さず、電話もつながらなくなった。思えば勇也さんには、いつも他の女の影がチラついていた。見ないように、気にしないようにしていたけれど、きっと自分より好きな人が他にできたに違いない。

悲しさのあまり数日間泣いて過ごしていたのだが、ある晩、彼の共通の知り合いからSNS経由でメッセージが届き、「勇也の居場所を知らないか」と訊かれた。

驚いた由紀さんが事情を聞くと、なんと勇也さんは現在消息不明になっており、仕事先のバーもずっと無断欠勤が続いているという。

ギャンブルの借金が相当な額になっているようなので、彼を知る人はきっと逃げたんだろうと噂しているが、知り合いの中には個人的にお金を貸したり、借金の保証人になっていた人もいるので、多くの人が勇也さんの行方を追っているのだという。

心配した由紀さんは、友人知人はもちろん、彼の実家にまで連絡をとって安否を確かめようとしたが、いくら聞いて回っても、勇也さんの居場所は杳として知れなかった。

ただ、調べるうちにわかったのだが、どうやら彼には由紀さん以外にも男女の仲になっている相手が複数いたようで、みんな「勇也が他の女と逃げた」と怒っていること、由紀さんを含め全員が「自分こそ本命の彼女」と思っていることを知り、あまりにも悲しく滑稽で、すべてがどうでもよくなってしまった。

祥輔さんは、転勤してきた由紀さんから、こんな事情を聞かされたので、何も悪くないのに、会社や男に傷つけられ続ける彼女にすっかり同情してしまった。

本社へ戻ってきた由紀さんに、「クズの愛人」とか「横領女」と心ない陰口を叩く者もいたが、彼女を守り抜くと決心した祥輔さんは、たとえそれが上役や先輩であっても、「私の部下に根拠のない誹謗中傷はやめてください」と毅然とした態度を取り続けた。

おかげで社内に何人かの敵を作ってしまったが、代わりに由紀さんからは厚い信頼を得ることができ、やがて祥輔さんが彼女への恋愛感情を打ち明けると、由紀さんは照れながら「私なんかでよければ」と交際を快諾してくれた。

それから三か月ほど、祥輔さんは幸せな時間を過ごした。

会社では二人が付き合っていることを内緒にしていたので、職場では素知らぬ顔をしていたが、偶(たま)にお互いにだけがわかる目線を送り合ったりするのも楽しく、仕事帰りには毎日のように食事をして、休日になるといろんな所へ遊びに出かけた。

ところがある時期から突然、由紀さんは彼のことを避けるようになった。

「体調がよくない」「用事がある」などと言って食事やデートを断るようになったのだが、そんなことが半月も続けば、鈍感な祥輔さんもさすがに何かがおかしいと気づく。

自分から気持ちが離れてしまったのかと、しばらく由紀さんの様子を観察していたのだが、ある晩、とうとう我慢できなくなった祥輔さんは、由紀さんに「話がしたい」と頼み込むと、仕事の後、食事をしつつ二人の関係を話し合うことにした。

　由紀さんはどうやら覚悟をしていたようで、祥輔さんが「最近どうしたの？」と尋ねると、「ごめんなさい」と頭を下げた後、「元彼と会ってるの」と告白をはじめた。


ごめんね。祥輔さんは何も悪くないの。

上司としても、彼氏としても、とっても良くしてくれて本当に感謝している。

私もこのまま祥輔さんと、ずーっと付き合っていきたいって思ってたんだよ。

でもね、勇也の友達っていう人から、私宛てに会社へ電話がかかってきたの。

その人から、勇也は元気にしていて、私に会いたがってるって言われた。

まずはその人と連絡先を交換して、改めて詳しい事情を聞いてみたら、どうやら勇也は店で知り合った質(たち)の悪い人からお金を借りてしまって、このままではいろんな人に迷惑をかけてしまうから、恋人や友達や家族にも行先を言わなかったんだって。

　あちこち逃げ回りながら、お金になる危険な仕事をがんばって幾つも引き受けたから、二年かかったけど借金を返済することができた。

　今は郊外のマンションでひっそり暮らしているけど、私のことをずっと恋しがっているから、今度顔だけでも見せてあげてよって、そんな風に彼の友達から頼まれたの。

ほら、少し前に、早退させてもらった日があるでしょ。

ずいぶん悩んだけど、やっぱり彼とはちゃんと話したいと思ったから、あの日仕事を早上がりさせてもらって、勇也が暮らしている郊外のマンションに行ってみたの。

教えてもらった二階の部屋のインターホンを押したら、懐かしい声で「はい」と返事があって、ドアの向こうには、申し訳なさそうに背中を丸めた勇也が立っていた。

「浮気者のクズ男」って、怒りまくってやろうと思っていたのに、気づいたら彼に思いきり抱きついていた。

こんな話、祥輔は聞きたくないよね。

でも私、彼の顔を見た時に気づいちゃったんだ。

やっぱり勇也のことが好き。この人を忘れることなんかできないって。

彼からは「由紀、ごめんな」って謝られて、それから彼の部屋で、この二年間、お互いどんな暮らしをしていたのか、積もる話を何時間もしたの。

どれだけ苦労して借金を返したかを聞いたら、何も言わずに消えたことを恨む気持ちも晴れて、この人も大変だったんだな、生きて再会できて良かったな、って思えた。

それに浮気のことも勇気を出して聞いてみたら、それは全部昔の相手だから、私と付き合っている間は何もしていない、と言われて。

すぐに信じる気にはなれなかったけど、でも私は浮気相手の一人なんかじゃなくて、ずっと勇也の恋人だったんだ、そう思うだけで凄く嬉しかった。

だから別れ際に「また会おう」って言われた時、私は「うん」って答えてしまったの。

祥輔さんには申し訳ないと思ったけど、彼への気持ちを止めることはできなかった。

……今日こそ、ちゃんと言うね。祥輔さんとはもう付き合えません。

私は勇也のことが好きだから、彼とよりを戻すことにします。


ここまで聞いて、祥輔さんは堪（こら）えられなくなり、「ちょっといい？」と話を遮（さえぎ）った。


いいかい由紀、僕の話を聞いてほしい。

ここ半月ほど、君の様子がおかしいから、僕は心配していたんだ。僕のことを避けるからだけじゃない。心配になるほど顔色が良くないし、仕事中もぼーっとしてる。

悪いとは思ったけど、昨日、退社した君の後をそっとつけていったんだ。

そうしたら君は、確かに今話していた郊外のマンションへ入ったけど、そこは入口に立入禁止の看板が掲げられている、人なんて住んでない場所だったんだ。

もしかして、何か犯罪に巻き込まれているんじゃないか、危ないことをしているんじゃないかと思って、怖かったけれど、君が入った二階の部屋へ踏み込んだんだ。

すぐに一一〇番できるよう、片手に携帯電話を握り締めながら、どれだけ悪い奴らがいるんだろうと決死の覚悟で玄関を開けたら、真っ暗な部屋の中に由紀が座っていて、他には誰もいないのに、ずーっと楽しそうに喋っているんだよ。

後ろからいくら声をかけても、返事もしないし、振り向きもしない。

なんだか怖くなってしまって、そのまま逃げ帰ってしまったんだけど、今話を聞いていて、由紀が誰と喋っているつもりだったか、ようやくわかった気がする。

いいかい、あんな所には、もう行っちゃダメだよ。


「えっそんなはずないよ。だって、何度も勇也と会ってるし……」

由紀さんはそう言うと、魂が抜けたような顔になり、そのまま黙り込んでしまった。

その後は、いくら話しかけてもろくに返事をしないので、今夜はこれくらいにしておこうと思い、祥輔さんはタクシーで由紀さんを家まで送り届けた。

「また明日、もう一度ちゃんと話そうね」

呼びかける祥輔さんの言葉にも反応せず、そのまま家の中へ消えて行った由紀さんは、その夜を境に行方をくらましてしまい、二度と連絡がつかなくなった。

後日、祥輔さんは例のマンションにも行ってみたが、二階の部屋には由紀さんの手がかりになりそうな物は見当たらなかった。

結局、由紀さんは会社には姿を見せないまま、無断欠勤で解雇処分が決定した。

実家の親から捜索願が出されたものの、未だに行方は判っていない。

ただ、諦めきれない祥輔さんは、「勇也の友達」だと電話してきた相手を探して事情を訊くために、由紀さんの両親の許可を得て、携帯電話の履歴を確認させてもらった。

履歴に残されたそれらしい番号へ順にかけ直し、由紀さんの消息を知らないか尋ねることにしたのだが、二番目に電話へ出た女性に事情を説明すると、相手は急に大笑いして「それは私」と自ら名乗りをあげた。

「友達のふりして電話したのは私だよ。アハハハハハ、あの女いなくなったんだ」

「……なに笑ってるんですか？」

「だって、本当にいなくなるんだもん。やっぱり行かせてみるもんだね。

勇也のこと大好きだったのに、私のこと遊び相手としてめちゃくちゃ雑に扱うの。

そのくせちゃんと本命の彼女がいて、『遠くに大好きな子がいる』とか言うわけ。

あいつが住んでいたボロいマンションってね、当時、住人がどんどん出て行ったり、夜逃げしたり、姿を消したりするもんだから、『神隠しマンション』なんて言われてたんだけど、そしたら勇也は調子に乗っちゃってさ、自分が住んでいるマンションをオカルトの記事にして、メディアに高く売るとか言い出したのよ。

冗談かと思っていたら、突然、勇也本人が行方不明になっちゃった。

しばらくそのことを忘れてたんだけど、ずっとムカついてた本命の女が東京に帰って来たうえに、もう新しいオトコがいるって聞いたもんだから、なにてめえだけ楽しくやってるんだよと腹立って、軽いイタズラ心で『勇也が会いたがってる』と嘘をついて、勇也が姿を消したあのマンションに行かせてみたんだよ。

もうお前は勇也に会えないんだよって判らせたくて。

そしたらさ、ほんとにいなくなったんでしょ？

まさかマジで消えてくれるとは思わなかった。

いやあ良かったねぇ、あの子、勇也とこの世じゃない場所でいちゃついてるよ。

あいつら、お似合いカップルすぎて笑う。本当にいい気味だわ」

女の高笑いを聞きながら、祥輔さんはもう由紀さんに会えることはないのだろうと、諦めに近い確信が胸に湧きあがった。


話はこれで終わりだが、ひとつだけ奇妙な出来事の追記がある。

翌月、祥輔さんに届いたカードの使用明細に、不審な請求がひとつあった。

由紀さんをタクシーで家まで送り、その後自宅まで乗って帰った晩の請求なのだが、通常は一万五千円あれば済むはずのところが、なぜか五万七千円も請求されていた。

タクシー会社へ連絡すればすぐにわかることなのだが、自分はいったいどこまで由紀さんを送って行ったのか、それを知るのがどうしても怖くて、祥輔さんは確かめることができなかったという。

井戸は僕におまかせください

子どもの頃は、何気ないものがなぜか怖かったりするものだ。

私は、少しだけ開いた隙間が怖かった。

ドア、窓、襖（ふすま）、障子、箪笥（たんす）の引き出し。これらをしっかりと閉めそびれて、薄く隙間が開いている時の、奥へ続く暗闇を見るとゾッとして、見かける度に閉め直していた。いちいちドアを閉めるので、母親からはよく、「換気してるんだから開けておいて！」と叱られていた記憶がある。

そしてこの話をしてくれた浩太郎さんは、今から約三十年前、小学生の時に一時期住んでいた、とある地方局の「ローカルＣＭ」が怖くて仕方なかったという。

夕暮れ時なのだろう、画面にはまず、西日の射す広い庭が映っている。

あまり手入れされておらず、庭一面に丈の短い草が生えている。

庭の左側には日本家屋の縁側があり、右側には生け垣が見えるので、おそらくは民家の庭なのだろう。

映像はこの庭を滑るように進んで行き、一番奥にある古めかしい井戸まで辿り着くと、そのまま覗き込むようにして井戸の中を映し出す。

井戸は枯れて水がなく、横には梯子が掛けられており、井戸の底には自分と同じ小学校高学年くらいの子どもがいて、手にした雑巾で井戸の壁面を懸命にこすっている。

ここで、爽やかな女性のナレーションが入る。

「みなさーん、枯れ井戸のお手入れやってますかー？　使っていない井戸の中は、汚れがびっしり」

次に子どもがこちらを見上げて、眉をひそめながら大きく叫ぶ。

「うわあ、変な虫がいっぱいいるし、変な物がたくさんあるよぉ」

「おばあちゃーん、これって何の骨？」

子どもはそう言って、汚そうに指でつまんだ、何かの骨を上に掲げる。

すると今度は井戸の底から見上げるカットに画面が変わり、井戸のふちからは、皺だらけの老婆が笑顔を覗かせている。

「それはねえ、井戸の神様の大切なお骨だから、しっかり掃除するんだよ」

するとまた子どもの顔が画面に映り、元気よく「はーーい！」と答えたところで、再び女性のナレーションが入る。

「井戸のお手入れには、やっぱりコレ！」

そして画面には業務用の洗剤らしきものが大映しになり、アハハハハハ、という子どもとおばあちゃんの楽しそうな笑い声が入って、ＣＭは終わりになる。


このＣＭがテレビに流れると、浩太郎さんはどうにも落ち着かない、激しく不安な気持ちになるのだが、四つ下の弟に至っては、「怖いからヤダ」と目を瞑り、「お兄ちゃん終わったら教えて」と両手で耳を塞ぐほどの嫌がり方だった。

ところが傍で観ている母親は、「井戸の掃除は、子どもに頼むのが一番ねえ……」と愉快そうに言うので、そのたびに浩太郎さんは「うちの庭には井戸がなくて良かった」と胸を撫で下ろしていたという。

浩太郎さんは東京生まれの東京育ちだが、家を建て直す関係で、小学五年生の終わりから六年生の秋まで、北関東の地方都市、それもかなりの田舎で暮らしたことがある。移り住んだ家は父親の実家で、祖父母や叔父はすでに亡くなっているため、当時は誰も住んでいなかったので、そこを仮住まいにして暮らすことになった。

父親が定期的に掃除や手入れをしていたようで、築八十年の古い日本家屋だったが、外観は立派で、中も綺麗で住みやすく、小さいけれど庭もあって、浩太郎さんと両親、そして弟の四人家族には十分に広く快適であった。

仕事が忙しいので、父親は東京でホテル住まいをしており、ほとんどこの家には帰って来なかったが、それでも浩太郎さんはあまり寂しさを覚えなかった。

というのも、仕事人間の父親は家庭にあまり関心がなく、浩太郎さんは父親と遊びに出かけたり、ゆっくり会話をした記憶もないのだが、そのぶん最新のゲーム機や高価なマウンテンバイクなど、欲しい物は自由に買い与えてくれたので、浩太郎さんと弟はそれですっかり満足していた。

母親は専業主婦だったが、こちらは生け花やお茶など趣味の世界に生きる人で、掃除や洗濯など自分に関わる家事はきちんとするのだが、やはり子どもには関心がなく、母親に構われることはなかったので、家では弟とテレビゲームをして遊ぶのが常だったが、それを浩太郎さんはあまり寂しいとは思わなかった。親の愛情が薄い家庭で育ったものの、浩太郎さんにはそれが当たり前の日常だったのである。

新しい学校では、小学五年生の三学期というタイミングで転校したため、あまり周囲に馴染むことは出来なかったが、だからといって虐められたりもせず、最新のゲーム機を目当てに家に遊びに来る友達も出来て、それなりに楽しい日々を送っていた。

「僕は与えられた環境をすぐに受け入れて、それなりに楽しめる性格なんです。これは子どもの頃からそうでした。だから、突然はじまった田舎暮らしだって、わりと楽しんでいたんです。でも、どうしても嫌だったのが、例のローカルCMだったんですよ。

たかがCMと思うでしょうが、親に構われなかった僕と弟にとって、家での娯楽はテレビとゲームしかないんです。だからテレビはずっとつけっぱなし。するとあのCMが、しょっちゅうテレビに流れるんです。観るたびに厭な気持になっていましたね」

特に仲良くなって、浩太郎さんの家へよく来ていたのは、ケンくんとノブくんという同じクラスの男の子で、時々は弟も仲間に入れながら、居間のテレビを囲んで、いつもゲームばかりして遊んでいた。

母親は習い事で家を空けることも多かったので、そんな時は「これでおやつでも買いなさい」と二千円渡してくれるし、家に居たとしても、浩太郎さんたちがいくらゲームで騒いでも知らん顔をして別のことをやっている。

なので小学六年生の夏休みに入ると、二人はほぼ毎日のように浩太郎さんの家へ入り浸り、「コウちゃんの家は、何時間ゲームしても怒られないし、玩具もたくさんあるし、お母さんは優しくて怒らないし、ジュースとお菓子もたくさん出るし、冷房が効いて涼しいし、本当に天国みたいだよ」と喜んでいた。

その日は朝からゲームをやり過ぎて少し飽きていたので、夕方、テレビで再放送しているアニメを観ようということになった。

テレビをつけてしばらくすると、例の井戸掃除のＣＭがはじまった。

弟はいつものようにぎゅっと目を瞑り、耳を塞いで縮こまっている。

浩太郎さんもすぐに目を逸らしたいのだが、友達の手前、六年生にもなってＣＭが怖いとは言えないので、何気ない表情を装って画面を眺めていたのだが、横に座っているケンくんは食い入るように画面を見つめながら、「井戸掃除は……しなくちゃなあ」と、深く感銘を受けたかのように、うっとりとした声を出している。

そんなケンくんの様子を見て、浩太郎さんは「やっぱりこの辺りでは、子どもが井戸の掃除をするんだ。この家には井戸がなくて良かった……」と思っていると、珍しく母親が近くに寄って来て、「あなた、井戸掃除は得意?」とケンくんに話しかけた。

ケンくんが真剣な表情で、「したことはないんですが、興味はありますね」と答えると、母親は「まあ、頼もしい!」と嬉しそうにして、そこからケンくんと母親は、井戸を綺麗に掃除する話ですっかり盛り上がってしまった。

一方、もう一人の友達のノブくんは、ＣＭの間から何か言いたそうな顔で浩太郎さんのほうをチラチラと見てきたが、ケンくんと母親が井戸の話をしはじめると、そこからは口をつぐんで何も喋らなくなってしまった。

その日以来、ノブくんはだんだんと家へ遊びに来る回数が減り、夏休みが終わる頃にはまったく顔を見せなくなった。

夏休みが明けると、学校でも露骨に避けられるようになってしまい、浩太郎さんにはその理由がまったく判らないまま、「あんなに仲良くしていたのに……」と大変悲しい気持ちになってしまった。

とはいえケンくんとは仲が良いままで、学校がはじまっても放課後にはいつも家へ遊びに来てくれるので、浩太郎さんとケンくんはいつも一緒に遊んでいた。

ただひとつ変化があり、どんなにゲームがいいところでも、日が暮れてくると、ケンくんは必ず「テレビでアニメが観たい」と言うようになった。

そして例のＣＭが流れるたびに、「井戸は大事だ……」と嬉しそうに呟くのだ。


十月になり秋も深まったところで、東京の家の建て替えが終了した。

もう六年生の二学期である。浩太郎さんは卒業までここで暮らしたいと親に頼んだのだが、両親はまったく聞き入れてくれず、再び東京の学校へ転校することになった。

引っ越しの日、ケンくんは家の前まで見送りに来てくれた。

浩太郎さんは嬉しくなって、「ありがとう」「転校しても忘れないよ」と涙ながらに別れの言葉をかけたのだが、ケンくんは浩太郎さんとの挨拶もそこそこに、母親の前へつかつかと歩み寄ると、ピシッと背筋を伸ばし、兵士が上官へ話しかけるようなキリリとした口調で、「井戸は僕におまかせください」と言った。

そして、「ありがとうね……」と嬉しそうに微笑む母親と、しっかり握手を交わした後、満足した様子で立ち去って行った。

すっかり変な気分になった浩太郎さんは、「いまの……なに?」と尋ねたのだが、突然険しい顔になった母親に、「あんたたちが頼りにならないからでしょ!」と、なぜか自分だけでなく弟まで一緒に叱られてしまい、それ以上は何も訊くことができなかった。

「あのCMのことは、思い出すたびに厭な気分になるので、なるべく考えないようにしたせいか、大人になる頃にはすっかり忘れていたんです。思い出したのは、父親が亡くなって、あの家を引き継ぐことになった時ですね」

浩太郎さんがもうすぐ四十歳になろうという頃、父親が癌で亡くなった。

就職して家を出てからは、わざわざ両親に会いに行くことはほとんどなく、両親から

「たまには顔を見せて」などという親らしい台詞を言われることもなかった。

絶縁しているわけではなく、お互いに関心がないだけなので、冠婚葬祭や、必要に迫られた時などは、普通に顔を合わせて近況報告くらいの会話は交わす。

ただ、本当にその程度の付き合いなので、父親が亡くなっても、悲しいという感情はほとんど湧かなかった。

むしろ母親から、「お父さんの家は、代々伝わる歴史ある建物なんだから、長男としてしっかり受け継いで、大切に手入れをしなさい」と言われた時には、「あんな田舎の家、資産価値もないんだから、なんで処分しておかないんだよ」と、父親に対する怒りすら覚えたほどである。

どうやら父親は、誰も住んでいない生家を毎年訪れては、清掃業者に依頼して室内から庭の隅々までしっかり掃除をして、植木屋には生け垣を整えてもらい、何年かに一度は壁も塗り替えるなど、かなりこまめにメンテナンスをしていたようで、母親に言わせれば、今でも昔住んでいた頃とほとんど変わっていないという。

母親からは「長男として大切にしなさい」と言われたが、浩太郎さんとしては何の思い入れもない家を手間や費用をかけて維持するつもりはなく、「売却しようか」と弟に連絡したところ、「あの家は昔から嫌いなんだ。相続放棄するから、母さんと兄さんで好きにしてくれ」と浩太郎さんに丸投げされてしまった。

面倒だが、一度地元の不動産業者にでも足を運んで、資産価値はどのくらいか、売却はできるのかなど、実際に家を見てもらいながら査定してもらうしかない。

そう考えた浩太郎さんは、休日を利用してかつて住んでいた土地を訪れた。

久しぶりに見る駅前は、長い時を経てすっかり様変わりしており、当時では想像も出来なかった大きなショッピングモールが建っている。

駅前をぐるりと見渡し、目当ての不動産業者を探す。

事前に調べたところによると、そこは親子二代で長らく不動産業を営んでおり、地元に根差した商売をしながら、土地の売買も手がけているという。

全国展開しているような大手に売却を依頼しても、おそらくは築百年を超える家など、そのままでは売れないだろう。家を取り壊せば土地だけは売却できるだろうが、おそらくは解体費用のほうが高くつきそうである。

かといって、資産価値もない家を、固定資産税を払いながら所有したくない。

でも、地元で長く商売をしている不動産業者なら、家付きで買い取ってくれるかもしれない。儲けなくていい、赤字にさえならなければいいのだ。


目当ての業者は、駅前の一等地に店舗を構えており、想像より遥かに立派な外観で、昔ながらの雰囲気を想像した浩太郎さんは、少々萎縮しながら自動ドアをくぐった。

中も小綺麗なオフィスで、数名の社員が働いている。応対してくれた女性に用件を伝えると、「買取なら社長ですね」と奥の小部屋へ案内された。

しばらくすると、恰幅（かっぷく）の良い中年男性が現れた。

渡された名刺には、代表取締役社長、と書かれている。

浩太郎さんは気後れしながら、「たいした物件じゃないんですけど……」と、実家の住所や土地建物の様子を伝えると、それまで笑顔だった社長は眉間に皺を寄せてしばらく考え込んだ後、「もしかして、コウちゃん？」と大声で叫んだ。

突然のことに浩太郎さんが絶句していると、社長は笑顔になって、「僕のこと覚えてませんか？　信之で、ノブ。ほんの少しだけ、同級生だったでしょ」と言った。

浩太郎さんの記憶も一気に甦り、「えっ、ノブちゃん⁉」と驚いていると、相手もうんうんと嬉しそうに頷いている。

偶然の再会に、二人はしばし昔話に花を咲かせていたのだが、本来の用件に話が及ぶと信之さんは急に表情を曇らせ、「買取は……ちょっと難しいかなあ」と呟いた。

「お父さんのことは残念だったね。ご愁傷様です。

ただ、あんなことがあった家だからね。地元で捌ける物件じゃないよ。

コウちゃんには悪いけど、ここらでは呪いの家とか、幽霊屋敷って呼ばれてるよ」

そう言われても、浩太郎さんには何のことやらわからない。

「えっ、引っ越した後は誰も住んでないはずだけど、何か事件でもあったの？　親父が年に一回掃除してたことくらいしか知らないんだ」

するとと信之さんは、当惑した表情になり、「何を言ってるんだ」と声を荒げた。

「コウちゃん、まさかあのこと忘れているのか？

家の裏庭の枯れ井戸に落ちて、ケンちゃんが……死んじゃっただろ。

引っ越しをする前、コウちゃんがまだあの家に住んでいる時のことだぞ」


信之さんの言うところによれば、小学六年生の夏休み、同級生のケンちゃんは、深夜に浩太郎さんの家の生け垣を乗り越えてこっそりと庭へ侵入し、裏手にある枯れ井戸の蓋を外すと、その中へ頭から落下して、頸椎損傷で即死した。

争った形跡はどこにもなく、自宅には「井戸の様子を見に行きます」という自筆の書き置きも残されていたので、不慮の事故として処理された。

ただ、手には雑巾を握り締めており、真夜中に忍び込んだ小学生が、いったい井戸で何をしようとしていたのか、そこだけは釈然としないままであった。


「なあコウちゃん。その様子だとまるで知らないみたいだけど、あの井戸で人が死ぬのは初めてじゃないんだ。地元に長く住んでいる人なら、みんな知ってる話だよ。

コウちゃんのお父さん、子どもの頃はあの家で暮らしていたんだ。お兄さんがいてね。

仲のいい兄弟だったらしいよ。でも中学校に入学してすぐ、お兄さんは裏庭の井戸に落ちて亡くなってしまった。

その時も事故で処理されたみたいだけど、近所の人がお悔みを言ったら、子どもの父親、コウちゃんのおじいちゃんは、『井戸の神様にお仕えするから、めでたい話です』と笑って答えたらしい。

そしておじいちゃんもまた、子どもの頃に弟を亡くしているんだ。

これは噂だから、怒らないで聞いてほしいんだけど、コウちゃんの家では、必ず男の子が二人生まれるらしくて、だけど十五歳を迎えるまでに、どちらか片方が井戸に落ちて命を落としてしまう。

状況的には間違いなく事故なんだけど、それでも地元では、あの家は子どもを生贄にしている、だからずっと金持ちなんだって、そう噂されているんだよ。

でもあの時は、コウちゃんでも弟でもなくて、なぜかケンちゃんが死んじゃった。すっかり怖くなって、コウちゃんと遊ばなくなったし、学校でもコウちゃんのこと無視してさ。転校するまで一人ぼっちにさせて、本当にごめんな」

そんなことを言われても、浩太郎さんの記憶では、ケンちゃんは引っ越しする直前まで家に遊びに来ており、ゲームをして、アニメを観て、ついでにあの変なＣＭを観ながら、井戸のことを母親とお喋りしていたはずである。

浩太郎さんがそのことを話すと、信之さんは「覚えてるよ、ＣＭの話」と顔を顰(しか)めた。

「たぶんケンちゃんがおかしくなったのって、ＣＭの話をした時からじゃないかな。

最初の時は、気持ち悪かったから、よーく覚えてるよ。

テレビにはお菓子のＣＭが流れているのに、ケンちゃんはなぜか井戸掃除の話をはじめちゃってさ。それなのに、コウちゃんはわかっている雰囲気で話を合わせるし、弟くんなんかは『井戸のＣＭ嫌い』って耳を押さえて丸まっちゃうし。最後にはお母さんまで井戸の話をするから、みんなに揶揄(からか)われているのかな、って思ったんだけどね。

次に遊びに行った時も、テレビには全然違うＣＭが流れているのに、やっぱりみんな井戸の掃除の話をする。凄く気持ち悪かったな。

でも一番怖かったのは、コウちゃんもケンちゃんも、井戸のＣＭがかかっているらしいタイミングで、二人揃って、同じ居間にある仏壇のほうを向くんだよ。

これはお母さんも一緒で、三人揃って仏壇に顔を向けるんだ。

その間、弟さんだけは目を瞑って耳を塞いで、怖い、怖いって震えている。

お前たちがテレビを観ながら毎回それをやるもんだから、凄く気持ち悪かったし、仲間外れにされているみたいで、ちょっと寂しかった。

でもしばらくして、ケンちゃんが井戸に落ちて死んでからは、よくわからないけど、何も見えなくて良かったと、心底ホッとしたのを覚えているよ。

きっとケンちゃんは、あの家と相性が良過ぎたんだろうね」


ここで信之さんはハッとした表情になり、「コウちゃんと弟さんって子どもいる?」と尋ねてきた。

浩太郎さんは、離婚歴があり、現在は独身。前妻との間に子どもはいない。

弟は結婚をしているものの、共働きで忙しく、やはり子どもはいない。

そう伝えると、信之さんは真剣な表情で、「ならすぐに帰ったほうがいい」と言った。

「子どもがいないなら、今度こそ井戸の神様の元へ送られるのは、二人の兄弟のうちどちらかだよ。きっとコウちゃんの家では、二人生まれてくる男の子のどちらかが、定期的にその務めを果たさないといけないんじゃないかな……。うっかり敷地に足を踏み入れるだけで選ばれそうだから、絶対に行くなよ」

こうまで言われては、とても家の様子を見に行く気が起きない。

信之さんとの話を終えると、浩太郎さんはそのまま東京へ引き返した。

その帰り道、浩太郎さんは、これまでのことを改めて考えてみることにした。

おそらく両親は、浩太郎さんと弟、どちらかを井戸へ捧げるつもりだったので、愛情を注がなかったのだろう。

家の建て替えだって、無理にこじつけた理由にしか過ぎず、丁度いい年齢に差しかかった兄弟をあの家に連れて行き、どちらかを選んでもらうのが目的だったに違いない。

ただ、あの家と波長が合ったのか、本当は子どもなら誰でも良かったのか、なぜかケンちゃんが選ばれてしまったのは、両親にとって誤算だったはずだ。

それでも、立て続けに井戸で子どもが死んだりしては、さすがに事件性を疑われる。

とりあえずは良しとはしたものの、晩年、父親は仕事が上手くいかなくなり、多くの財産を失ったうえに、大病をして男性の平均寿命よりも若く逝ってしまった。

やはり子どもは、血筋から出さなくてはいけなかったのではないか。

現に、兄弟とも経済的にかなり苦労をしており、どちらも子どもを持っていない。

このままでは、家の繁栄はもちろん、血筋までが途絶えてしまう。

母親としては、独身の兄よりも、結婚をしていて、すぐに血筋を残せそうな弟のほうを優遇したいはずである。

だから母親は浩太郎さんに対し、「家を大切にしなさい」「一度様子を見てきなさい」としつこく言い続けて、あの家へ行くように仕向けたのではないのか。

すべては、自分の想像であり、ただの思い込みに過ぎないかもしれない。

そう思いたかった浩太郎さんだが、後日母親に電話をかけて、「どうしても家の様子を見に行く時間がとれないから、あの家を維持するにせよ、売るにせよ、全部母さんにまかせるよ」と伝えたところ、チッ、と舌打ちをして電話を切られてしまった。

――あんた、昔から役に立たない子ね。

母親が電話口で言った最後の言葉は、今も浩太郎さんの胸に残っている。

屋上のミヨコさん

「ほんの三年と二か月で、母校の七不思議が変化していたんです」

そう語るのは、健吾（けんご）さんという四十代前半の男性。

かつて健吾さんは数学の教師を目指して某大学の教育学部に通っており、四年生の六月に、母校の私立高校へ教育実習で戻って来た。

慣れ親しんだ母校であるうえに、進学校なので生徒も集中して授業を聞いてくれるため、実習自体はやりやすかったのだが、ひとつ気味の悪いことがあった。

それは学園に伝わる七不思議のことで、卒業してから三年と二か月の内に、健吾さんが在学していた頃から、なんと七つ中、六つの内容が変わってしまっていたのである。

ただひとつ、まったく内容の変わらない七不思議があった。

これは「屋上のミヨコさん」と呼ばれる噂で、健吾さんが在学していた頃は、生徒に最も恐れられていた七不思議でもあった。

日が沈む夕暮れ時の僅(わず)かな時間、資材置き場になっている校舎裏に回り込んで、そこから校舎を見上げると、立入禁止であるはずの屋上に一人の少女が立っている。

西日を背に受けて、黒い影になっており、誰なのか顔は良く見えない。

ただ、長い髪と制服姿から、女子学生であるのは間違いない。

少女は柵の外、屋上のふちに立っているのだが、羽ばたくように両手を大きく広げて佇んでおり、まったく恐れている様子が見られない。

そのシルエットに向かって、下から「ミヨコさん、ミヨコさん、ミヨコさん」と三度呼びかける。大声でなくともよいが、姿はしっかり見据えながら唱える必要がある。

すると少女は、屋上から飛び降りて、すぐ目の前にドサッと落下してくる。

少女の首は直角に折れ曲っており、手足も折れて捻(ね)じ曲がっており、とても生きているとは思えないのだが、ゆっくりと身体を起こしてこちらに近づいてくると、「なな」と囁いてスウッと姿を消してしまう。

これだけでも十分恐ろしいのだが、この「ミヨコさん」を見てしまった者は、その後、「ろく」「ご」「よん」「さん」「に」「いち」とカウントダウンするようにして、七不思議の残る六つをすべて順番に体験することになる。

そして、すべてを体験する前に、卒業したり、転校するなりして学園から去らないと、すべての七不思議を見た者は、命を落とすことになるという。

見たら最後、命にかかわる「屋上のミヨコさん」とは異なり、残る六つの怖い話は、それ単体で祟られる、呪われるということはなく、学園七不思議のエピソードとしてもわりによくある話であった。

薬品で顔が焼け爛れた女子生徒が、化学準備室にある小窓からこちらを覗いている。

人のいない音楽室からピアノの音が聴こえてくるので、室内を覗くと首のない男子生徒が楽しそうに身体を揺らしながらピアノを弾いている。

美術室のデッサン用石膏（せっこう）像の前に長時間一人で過ごしていると、石膏像に宿った女子生徒の霊が話しかけてくる。

運動部の練習が終わった夜の体育館へ行くと、バスケットゴールの輪に首を引っかけてぶら下がる、男子生徒らしき黒い影が見える。

一階から二階へ向かう階段の踊り場には大きな姿見の鏡が備え付けられており、そこを四時四十四分に通ると、鏡に階段から転落して亡くなった女子生徒の姿が映る。

四階の東側女子トイレの個室に夕方以降一人で入ると、誰か入って来た気配もないのに頭上から鼻歌が聴こえてきて、ついそちらを見上げると、隣の個室の上から首の長い女がこちらを覗いており、ゲラゲラと大声で笑う。

これが、健吾さんが在学中に知っていた、この学校に伝わる怖い話である。

ところが、教育実習で戻って来た時には、大枠の内容はそのままに、いつの間にか出てくる幽霊の姿が、すべてミヨコさんという女子生徒に変わってしまっていたのだ。


化学準備室の小窓から、ミヨコさんがこちらを見ている。

音楽室で、首の折れたミヨコさんがピアノを弾いている。

美術室の石膏像の顔が、ミヨコさんの顔に変わる。

体育館のバスケットゴールに、ミヨコさんが首をかけて揺れている。

階段の踊り場の鏡に、身体のあちこちが捻じ曲がったミヨコさんが映る。

女子トイレの隣の個室から、首の折れたミヨコさんの顔が垂れ下がる。


そしてこれらの中心にあるのが、「屋上のミヨコさん」の噂であり、クラスの生徒たちに聞いてみると、程度の差はあれど、多くの生徒が本気で怖がっているのがわかった。

また、一部の教員からも、「ここの生徒だったたからわかると思うけど、夕方になったら校舎裏には行ったらダメだよ」と耳打ちしてくる始末である。

自分が居ないほんの三年と二か月で、学園がミヨコさんという存在に覆い尽くされたようで、健吾さんはすっかり厭な気持になってしまった。

ただ健吾さんが酷く気味が悪いのは、短期間で七不思議がすべてミヨコさんに変わってしまったことだけではない。
そもそも「屋上のミヨコさん」という噂は、高校一年生の頃、健吾さんが創った話だったからなのだ。

十代の頃、大のオカルト好きだった健吾さんは、入学した高校が私立の進学校だったにも拘らず、「学校の怖い話」として、いくつかの噂が伝わっていることに感激した。ところがいくら調べてみても、ＯＢに確かめてみても、学校に伝わる怖い話は六つまでしか見つからなかった。

――あと一つあれば、学園七不思議が完成するのに。

すっかり残念な気持ちになった健吾さんは、ほんの出来心から、七つ目の噂を自分で創ってみようと考えた。
当時は学校の裏掲示板と呼ばれるものがあり、これはログインＩＤとパスワードが必要なクローズドなインターネット掲示板なのだが、その存在は校内の生徒や教師にとって公然の秘密であり、生徒の大半が匿名で閲覧しているという状況だった。

当然、虐めや誹謗中傷の温床になるため、学園側は問題視をしていたものの、有力なOBや学校関係者が書き込んでいることもあり、取り締まることでトラブルを恐れた理事会が、半ば黙認するという形になっていた。

健吾さんはこの裏掲示板に、OBのふりをして、「そういえば、屋上のミヨコさんってまだ出るの？」と書き込んでみた。

最初は「知らない」「そんな噂あった？」という声しかなかったが、複数アカウントを使い分け、数人のOBと在学生のふりをしながら、「その噂知ってる」「見たことある」「七不思議を全部体験した先輩が死んだ」などと、やり過ぎないように、でも人目につく頻度でじっくり半年ほど書き込みを続けたところ、自分以外にも「校舎裏で見た」「あれはヤバい」などの書き込みが出てくるようになった。

そして二年生の春には、裏掲示板だけでなく、学内でも噂として囁かれるようになりはじめ、同級生から「お前、屋上のミヨコさんって知ってる？」と耳打ちされた時には、「自分がこの学校の七不思議を完成させたんだ」と内心歓喜したという。

ただ、噂が広がるにつれて、ミヨコさんの存在感はまるで血肉を得たかのように増していき、健吾さんが三年生に進級してしばらくした頃、別のクラスにいる一人の女子生徒が事故死したのだが、これは「ミヨコさんのせいで死んだ」という噂であった。

警察の検分では「非常階段からの転落事故であり、事件性はない」と判断されたが、この非常階段は校舎裏の外側に備え付けられた螺旋階段で、校舎の扉は内側から施錠されている。そのため、通常はこの階段を利用する者はいなかったにも拘らず、亡くなった女子生徒がなぜこんな場所を訪れたのかはまったく判らなかった。

また、この女子生徒は事故の数か月前、「冗談半分で夕暮れ時の校舎裏へ行ってみたら、本当に屋上から飛び降りるミヨコさんを見て、『なな』って言われた」と友人たちに話しており、またその後、「化学準備室や体育館、音楽室でも怖いモノを見てしまった。その度に耳元で、『ろく』『ご』『よん』って順にミヨコさんの声が聴こえたから、もしこのまま『いち』までいったら、噂通り自分は死んじゃうかも」と酷く怖がっていたらしいのである。

ところが、ミヨコさんを怖がっていたはずのこの女子生徒は、事故当日の放課後、なぜか校舎裏の非常階段を一人で上まで昇り、脆くなっていた柵に体重をかけて、折れた柵ごと落下して亡くなってしまった。

発見された時、女子生徒の両腕は外れた柵の隙間へ絡んだ状態で惨たらしく折れており、また落下した場所が、まさに屋上からミヨコさんが落ちてくるとされている位置だったことから、学内では「ミヨコさんの呪いで死んだ」とすっかり噂されるようになった。

健吾さんは、オカルト好きとして学園七不思議を完成させたかっただけで、怖い噂で人死にを出したかったわけではない。ミヨコさんを見たと思い込んだ女子生徒が、噂に怯えて自殺したのだとしたら、その責任は自分にある。

すっかり怖くなってしまった健吾さんは、親しい友人に「あの噂は僕が創ったんだ」とこっそり打ち明けてみたのだが、「こんな時に不謹慎な嘘をつくな」と怒られただけでまったく信じてもらえなかった。

あまりに噂の信憑性が高くなり過ぎて、今さら嘘だと言っても、友人すら信じてくれない。こうなるともう、健吾さんはどうしていいかわからなくなり、ミヨコさんの噂が学内に拡がり続ける様を、卒業までただ傍観するしかなかった。

そして今、教育実習で母校に戻ってくると、屋上のミヨコさんを見て亡くなった生徒の数は四名にまで増えており、亡くなってはいないものの、ミヨコさんを見たせいで転校した生徒は他にもたくさんいると、まことしやかに噂されている。

かつて存在した学園七不思議は、すべてミヨコさんに変容しており、最初に屋上から飛び降りる姿を見た者は、どんなに気を付けていても、どうにもならない運の巡り合わせで、化学準備室、音楽室、美術室、体育館、階段の踊り場、女子トイレでミヨコさんの姿を見るはめに陥り、その度に『ろく』『ご』『よん』『さん』『に』『いち』と順に数えられて、最後の『いち』を聴いた後は、事故や病気で命を落としてしまうと、生徒たちは固く信じている。

自分のつまらない自尊心で吐いた嘘がここまで大きく膨らんだのを知り、健吾さんは責任を感じると共に、今度こそ噂が嘘であることを証明しなくてはいけないと思った。

そこで、受け持ったクラスでも特に噂を信じている生徒たち数名を放課後に集めて、「今から先生が校舎裏に行って、ミヨコさんなんていないのを確かめてきてあげる」と約束すると、心配する生徒たちを玄関に待たせ、健吾さんは校舎裏へと足を運んだ。

「正直なところ、怖かったですよ。自分が創った嘘なのに、噂が真実味を帯びてから妙に怖くなってしまって、在学中は校舎裏には行きませんでした。そのまま逃げるように卒業しちゃいましたし。でも怯えている生徒たちの姿を見て、自分がやってしまった嘘にきちんと向き合わないと、この先、教職を目指すことは出来ないと思ったんです」

久しぶりに健吾さんが校舎裏を訪れると、以前と同じく資材置き場として使われているものの、辺りに散乱した木材や、薄汚れて積み上げられた白布など、片付けられないままに様々な物が放置されていた。

女子生徒が転落死した螺旋階段の入口は封鎖され、「使用禁止」と書かれた看板がぽつんと立っている。

数名の教師は噂をすっかり信じている様子だったので、事故の起こった校舎裏は、学園側からも「見て見ぬふり」で捨て置かれているのかもしれなかった。

健吾さんは積まれた木材に腰かけると、「屋上のミヨコさん」が現れる、夕暮れ時を待つことにした。

校舎裏は太陽が沈む反対側に位置するので、日の沈む僅かな時間帯にここへ訪れると、西日に浮かび上がる校舎の屋上は、赤い空に聳（そび）える黒い城壁のようでかっこいい。

入学当初、なかなか友人の出来なかった健吾さんは、放課後に一人でここを訪れて、西日に照らされる屋上を見上げるのが好きだった。

やがて友人は出来たものの、その後も校舎裏で眺める夕陽は健吾さんの秘かなお気に入りで、だからこそミヨコさんの噂を創る時、夕陽を背に屋上にスッと立つ女子生徒のシルエットが、自然と頭に浮かんだのだ。

つらつらと懐かしい学生時代を思い返しているうちに、いつの間にか足元は、夕陽で朱く染まっていた。

沈みゆく太陽を背に、黒々とした校舎をゆっくり見上げる。

やがて視線が屋上に達した時、健吾さんは驚きで息を呑んだ。

――いる。本当に、いる。

真っ赤な空を背にして、屋上のへりに立つ、女子生徒らしき黒い影が立っていた。

そんな馬鹿な。いるはずがない。だってこれは、自分の創った嘘なのだから。

生徒たちに「確かめに行く」と言ったから、誰かがイタズラをしているのか。

でも屋上に出る扉は二重に施錠されているはずだ。ちょっとしたイタズラ心で外せるような鍵ではない。

だとしたら……なぜ。

はっきりと見えている、あの黒い影はいったい何なんだ。

まさか、本当に、あれはミヨコさんなのか。

あり得ない。あるはずがない。こんなことが、あってはいけない。

長い髪に制服姿の女子生徒は、まるで羽ばたくように両腕を横へ大きく伸ばした。

わかる。わかってしまう。自分に呼ばれるのを、今か今かと待ち構えている。

健吾さんは、乾いた唇を舐め、震える声で呼びかけた。

ミヨコさん、ミヨコさん、ミヨコさん――。

そう三回唱えた途端、女子生徒の黒い影は、五階分の高さがある屋上から、鳥が飛び立つような軽やかさで、ふわっと宙に舞った。

次の瞬間、勢いよく落ちてきた黒い影と共に、ドシャッ、という肉を叩きつけるような嫌な音が耳に響く。

健吾さんのすぐ目の前、一メートルも離れていない地面には、制服姿の女子生徒が倒れていた。

広げていた腕はあらぬ方向に捻じれており、首は直角に折れ曲っている。

こちらを向いて開かれた眼球は瞬きをせず、瞳孔も開いたままだ。

とても生きているとは思えないその姿で、しかし女子生徒はブルブルと全身を震わせながら、ゆっくりと身体を起こしはじめた。

女子生徒が立ち上がると、首はだらりと横へ折れ曲り、下から覗き込むような角度になった。そして、生気のない目でこちらをジッと見上げてくる。

あまりの衝撃に、身動きできない健吾さんの眼前に、首の折れた顔がぐいっと寄せられ、女が耳元で「……」と小さく囁いた。


次の瞬間、恐怖が一気に押し寄せてきた健吾さんは、転げるようにその場から逃げ出すと、不安そうに玄関で待つ生徒たちの所へ戻った。

今見たモノを、生徒たちに話すわけにはいかない。

そう思って、なんとか平静を装い、「やっぱりミヨコさんなんていなかったぞ」と言ったのだが、生徒からは「本当ですか？　凄い汗ですよ」「声が震えてるじゃないですか」などと言われてしまい、「いやあ、実際に行ったら雰囲気があってビビっただけだよ」と誤魔化しても、逆に生徒たちの疑念を深めることになってしまった。

翌日、実習を担当する教員から、「生徒から聞きましたよ！　昨日校舎裏に行ったんですってね。変な噂が立って困っているんですから、煽るようなことはしないように！」と厳しく叱られてしまい、健吾さんもこれ以上は深入りするのが恐ろしくなって、実習が終わるまでミヨコさんの噂に関わることは一切しなかった。

教育実習を終え、大学も卒業し、無事に教員免許を取得した健吾さんは、教育関係の仕事をしている父親のコネで、母校とは別のやはり進学校の私立高校へ就職した。

ところが、この学校は勤めて二年足らずで退職してしまい、また父親のコネを頼って別の学校で働いたのだが、やはりここも一年ほどで辞めてしまった。

どちらの学校も数年ともたなかったので、健吾さんは教師の道をすっぱりと諦めて、一般企業に就職し、その後は営業マンとして働き続けている。

自分と同じ教育の道へ進むことを期待していた父親からは、「根性がない」「お前にかけた学費を返せ」「就職を口利きした俺の顔を潰した」などと激怒され、以来、親子の縁はすっかり切れてしまい、今でも冠婚葬祭以外では顔を合わせない間柄だという。

「本当は教師を続けたかったんですけどね。父親に言われ続けたのもあるけど、小さい頃から自分は教師になるものだと固く信じていましたから。

教師の仕事は過酷でしたが、決して嫌いになって辞めたわけではありません。部活の顧問を勤めるのも、一緒に青春時代を過ごすみたいで楽しかったですし。

でも、続けるのは無理だったんです。

僕が勤めはじめてから、一年も経たないうちに、学内では『ミヨコさんという女の幽霊が出る』という噂が立ちはじめました。

それまで、何の噂もなかった学校ですよ。もちろん、僕は何も言っていません。

やがて学内で『見た』という生徒が増えるにつれ、このまま長居したら何か恐ろしいことが起きてしまう気がして、とても勤め続けることが出来ませんでした。

同じことが次の学校でも起きた時、ああ、僕の勤める学校にあの女はずっと憑いてくるんだと気づいて、残念でしたが教師になることは諦めたんです」


そう語る健吾さんに、私はひとつの疑問が湧いた。

「教育実習で戻るまで、ミヨコさんは母校にしか出なかったんですよね。その時に初めて健吾さんもミヨコさんを目にしたわけですが、どうして健吾さんに憑いて来てしまったんでしょう」

「あの日、屋上から目の前に落ちてきた女が、僕に囁いた言葉は、噂通りの『なな』じゃなかった。

女は生気のない無表情な顔で、それでも嬉しそうに『パパ』って言ったんです。

私は、いったい何を生み出してしまったんでしょう」

教師を辞めて、別の仕事を続けている限り、健吾さんはあの女を見ることはなかった。

ただ最近、中学校へ通う十三歳の息子に言われたんだという。

「パパ、うちの学校、ミヨコさんっていうお化け出るらしいよ」と。

「どうすればいいと思いますか」

健吾さんは泣きそうな顔で、こんな話を聞かせてくれた。

片目の黒達磨

高校を卒業後、先輩のつてを頼って東京で働きはじめた壮介（そうすけ）さんだが、八十歳まで大工をしていた祖父が存命の間は、年に数回、生まれ故郷である茨城県の某市に帰省をしては、地元の古い友人たちとよく酒を酌み交わしていた。

壮介さんは、中学と高校時代、周囲からは「不良」と呼ばれる生徒だった。帰省して遊ぶ地元の友人たちも、かつては一緒に悪さをしていた仲間である。

不幸な生い立ちが不良を生むとは言いたくないが、借金を重ねたうえに最後は暴行と窃盗で逮捕され、服役後にどこかへ姿を消した父親と、苛立つとすぐに子どもに手を挙げ、勤務先のスナックの店長と再婚して息子を捨てた母親の存在は、思春期の壮介さんを捻（ひね）くれさせるには十分だった。

それでも壮介さんが道を踏み外すことなくまともな暮らしをして、高校まで卒業することができたのは、親代わりを務めた祖父のおかげであった。

祖父は口数が少なく、唯一の趣味は晩酌という生真面目な職人だったが、生涯現役の大工だったこともあり、腕っぷしは壮介さんより強かった。

普段は口煩いことを言わなかったが、度を過ぎた悪さをした時だけは厳しく叱責され、壮介さんが「うるせえじじい！」と言い返した時などは、部屋を仕切る襖（ふすま）も一緒に吹き飛ぶくらい、思いきり張り倒されたりもした。

それでも問題ばかり起こす壮介さんが高校を卒業できた時は、「がんばったな」と嬉し涙を流しており、そんな姿を見た壮介さんは、「これから先、世話になった祖父に恥じない生き方をしよう」と強く決意したのだという。

悪さはしても、悪人ではなかった壮介さんは、友人にも根っからの悪人はおらず、高校卒業後は各々の道で懸命に働き、本格的に身を持ち崩した友人は一人もいなかった。

二十代も後半になると、もはや独身なのは壮介さんだけとなり、友人たちは妻子を養うために好きな賭け事をやめたり、幼い子どものために禁煙したり、酒の肴に子どもの写真を見せ合ったりと、不良と呼ばれた頃の面影はすっかり消えてしまった。

それでもかつての仲間で集まって酒を酌み交わせば、徐々に昔の勢いが甦ってきて、「あの野郎、いつかぶっとばしてやる！」と腹の立つ上司を罵(ののし)ったり、「服を裏返して洗濯機に入れろとか、いちいちうるせえんだよ」と妻への怒りをぶちまけたり、この時だけは気心の知れた者同士、日頃の不満や愚痴をぶちまけながら乾杯するのが常だった。


ある年の盆休みに壮介さんが帰省した時は、家の都合で集まれないメンバーが多く、その夜は壮介さんを入れて三人という小規模な飲み会になった。

ただそのぶん会話は盛り上がって、いつものように仕事や家庭の愚痴を言い合いながら深酒をするうちに、普段は抑えている鬱憤(うっぷん)が溢れてしまい、「ふざけるんじゃねえぞ」「俺たちをナメんなよ」と居酒屋で大騒ぎした挙句、酒のせいで気が大きくなってしまい、「今夜ばかりはハメを外して、少し悪い事をしてやろう」という話になった。

すると友人の一人が、「お盆で幽霊が帰って来ている時期だから、『縊(くび)りババアの家』へ行って、今から度胸試しに酒盛りをしないか」と言い出した。

この『縊りババアの家』というのは通称ではなく、壮介さんの仲間内でそう呼んでいたのだが、居酒屋から徒歩十五分ほどにある一軒家で、年老いた母親が、長年介護していた寝たきりの娘を絞殺し、さらには薬で眠らせていた夫も絞め殺すと、最後には自分も首を吊って自殺したという、非常に陰惨な事件の起きた場所であった。

誰も買い手がつかないのだろう、住む人の居ない一軒家は、事件から数年、荒れるにまかせて、すっかり廃墟になってしまった。

近隣では、「窓の向こうに首を吊った老婆が揺れている」とか、「真夜中に殺された娘や夫の呻き声が聞こえてくる」といった目撃談が続出し、肝試しで忍び込んだ悪ガキが祟りで大怪我をしたという噂まで拡がって、地元ではヤバい廃墟とされていた。

この日は三人とも悪い酔い方をしていたので、誰もやめようと言う者がおらず、コンビニで酒や懐中電灯を買うと、外塀を乗り越えて、廃墟の敷地へと忍び込んだ。

地元では割と知られた場所なので、すでに侵入した人間が何人も居るのだろう、玄関の鍵は壊されており、すんなりと家の中へ入ることができた。

空き缶や菓子袋など、これまでに侵入した者のゴミが散乱しているものの、あとは埃が積もっているだけで、室内に血痕もなければ、不気味な染みもない。壁はまだ崩れておらず、天井や床も腐っていなかった。

お化け屋敷を期待していた三人は、すっかり拍子抜けしてしまったが、予定通りここで酒盛りをしようということになり、一階の居間らしき和室に陣取ると、辺りのゴミを部屋の隅へと放り投げ、卓袱台(ちゃぶだい)の埃を適当に払って、そこに酒を並べて乾杯した。

居間は十畳以上ありそうな広さで、黴臭いカーテンを開けると、庭に面した窓から月明りが入って、懐中電灯を点けなくてもいいほどだ。

おそらくはここが生活の中心だったのだろう、壁際にはフレームだけになった介護ベッドが置かれており、棚の中には埃を被った日用品が所狭しと並べられている。

そして壁際にはなぜか、幼子の背丈くらいはある大きな黒い達磨が置かれていた。

達磨の目は、左目だけが描かれており、まだ右目は入っていない状態だ。

寝たきりの娘の病気平癒か、それとも長期にわたる介護からの解放だろうか。

この大きさからして、本格的に何か願掛けをしていたのは確かだが、両目が入っていないところを見ると、願いは叶わないまま、事件が起きてしまったようである。

壮介さんたちは、「気持ちわりぃな」と笑いながら達磨を小突き回し、そのまま居間で酒盛りをはじめた。


「おい、壮介、起きろ！」

友人の声に目を覚ますと、もう夜中の三時を回っていた。

酒盛りをはじめたのが十一時前だから、ゆうに四時間以上が経っている。

いつの間にか酔い潰れ、卓袱台に突っ伏して寝ていたようだ。

「なにぐっすり寝てるんだよ。今から達磨に目を入れるから、記念写真を撮ってくれ」

友人はそう言いながら、手に持ったマジックを、達磨の右目のすぐ前に掲げて、嬉しそうにポーズをとっている。

酔いが少し醒めた壮介さんは、「くだらねえことするなあ」と思ったが、こんな場所で酒盛りをしておいて、今さら白けたことを言っても仕方ない。

「早くしろよー」と騒ぐ友人を、「わかったから、静かにしろ」と宥（なだ）めつつ、ポケットからスマホを取り出して、カメラのアプリを起動した。

立ち膝でポーズをとる友人へスマホ向け、カシャ、と撮影ボタンを押す。

次の瞬間、壮介さんは「やめろ！　離れろ！」と叫びながら、怪訝(けげん)な顔をする友人のことを、思いきり後ろへ蹴り飛ばしていた。

「いってえ……。何してくれてんだよッ！」

怒りながら身体を起こす友人の側に行くと、壮介さんは今撮影した写真を見せるため、スマホの画面を友人の眼前に突き付けた。

「……え？」

写真を見た友人は、そう小さく呟いたきり絶句している。

そこに写っているのは、黒い達磨とマジックを持った友人——ではない。

壁にもたれ酔い潰れているもう一人の友人と、彼の右目へ尖った木片の先を押し当て、笑顔でポーズをとっている友人の姿が写っていた。

改めて部屋を見回すと、あったはずの黒い達磨がどこにも見当たらない。

一メートル以上ある大きな達磨なので、絶対にすぐ目に入ってくるはずだ。

それなのに、いつの間にか部屋から消えている。

それとも最初から、黒い達磨など存在していなかったのか――。


眠っている友人を叩き起こすと、三人は逃げるように廃墟を後にした。

帰宅しても昼まで一睡もできなかった壮介さんは、昨夜の出来事を震えながら祖父に話すと、久しぶりに「馬鹿もんが！」と転げるほど頰を張られてしまった。


「お前が帰ってくるたびに、昔の仲間と不平不満を言いながら、居酒屋で大騒ぎしているのは耳にしている。なんせ、狭い町だからな。

それでも、高卒のお前が東京で苦労しているのも知っているし、お前の友達が所帯を持ってがんばっているのも知っている。たまには息抜きもしたいだろう。

それでもな、長年連れ添った伴侶と我が子を手にかけるほど追い詰められた者の住ん

でいた家に、お前たちが取るに足らない不平不満を垂れ流して土足で踏みいれば、碌な
ことにならんことくらい、少し考えればわかるだろうが！」
祖父は厳しく壮介さんを叱った後、最後にもうひとこと、暗い声で言い添えた。
「事件を起こした婆さんは、お前たちと同じ達磨を見たのかもしれないな。
きっと婆さんは、その黒い達磨に、目を入れてしまったんだろう。
この先も、辛い、苦しい、腹が立つ、そんなことをぐずぐず言っていると、またお前
のところに達磨が現れるかもしれないぞ」
きっと祖父は、ひとつの教訓としてこの話をしたのだろう。
でも壮介さんにとって、祖父の言うことは的を射ているようにしか思えなかった。
そしてこの出来事以来、よほどのことがない限り、不満を口にすることをやめた。
うっかり弱音を吐きそうになるたびに、あの日見た黒い達磨が脳裡に浮かび、震える
ほどの恐怖が全身を駆け巡るからだ。

ようやく結婚した壮介さんが、初孫を見せることができた半年後、祖父は自宅でひっそりと息をひきとった。

祖父の居なくなった生家は売却したので、もう郷里に戻ることはない。

あの廃墟は取り壊され、今は駐車場に変わっている。

そして中学生になった息子からは、「親父はなんでそんなに無口なんだよ」と嫌な顔をされるが、四十代になった壮介さんには、祖父がなぜあんなに口数が少なく、余計なことを言わない人だったのかがわかるようになった。

「苦しければ苦しいほどに、辛ければ辛いほどに、それをぐっと堪えて、懸命に生きようと思えば思うほどに、人は無口になるものですから」

壮介さんは最後にこう締め括ると、誠実さの滲む表情で微笑んだ。

とかく人より喋り過ぎてしまう私は、壮介さんに取材のお礼を伝えながらも、内心ではすっかり恥ずかしい気持ちになってしまったことを、ここに申し添えておく。

駅神様

長年怪談を収集していると、駅にまつわる話も多く集まってくる。

それも、ただの幽霊話ではない、異界への扉が開いたような、あるいは人智を超える力が働いたような、非常に不思議な話も散見される。

私はこうした話を「異界怪談」と名付けているのだが、駅にこうした話が集まるのは、さほど不思議なことではないのかもしれない。

というのも、古来、道と道が交わる四つ辻では、「魔」に出遭うと言われてきた。

多くの者が行き交う街道は、人の数だけたくさんの想いが運ばれていく。

それらが交わる交差点では、善いモノも、悪いモノも交じり合い、ひとつの集合意識、あるいは念の塊のようなモノが生まれるような気がしてならない。

ただ、交通網の発達した近代以降、旅人や行商人の行き交う道は自動車が走る車道に変わってしまい、今や移動は車か電車である。

そう考えると、何十年も変わらない場所に建っており、多くの人間が様々な想いを抱えて行き交う「駅」という存在は、現代における最大の交差点とも言えるだろう。

人の想いが信仰や神、祝福や呪いを生み出すのだとすれば、交じり合う人の想いが集まる駅という場所では、人智を超えた怪異もまた、数多く存在するのかもしれない。


この話を聞かせてくれたのは、島田さんという四十代の男性。

島田さんは住宅設備関係の営業マンをしているのだが、同じ部署にいる高志さんという八つ年下の後輩と懇意にしていた。

二人は故郷と高校が同じであるうえ、さらには同じ陸上部だったこともあって、気が合って家族ぐるみの付き合いをしており、島田さんと妹、高志さん夫婦の四人で食事に行ったり、旅行をしたりするほどの仲であった。

これから披露する駅の怪異譚は、この後輩の高志さんが体験した話である。


高志さん夫婦は子どものいない共働きで、出勤時刻がほぼ同じなので、朝は一緒に通勤をしている。夫婦で最寄駅まで歩いて、同じ電車に乗り、高志さんが途中下車して別の路線に乗り換えるところで、「がんばってね」「また家でね」と手を振って別れる。

お互いに譲らない性格なので夫婦喧嘩も絶えないが、一緒に通勤するおかげで、自然と関係が修復することも多く、結婚してからずっと続けている習慣であった。

その日の朝も妻と一緒に最寄駅のホームに立っていた高志さんは、そろそろ電車が着きそうなタイミングで、語気を荒げた駅員のアナウンスを耳にした。

黄色いスーツケースの方、お気をつけくださーーい。

黄色いスーツケースの方、お気をつけくださーーい。

わざわざ駅員がホームへアナウンスを流すほどなので、誰かが危険行為でもしているのかと思い、高志さんは何気なく周囲を見回した。

朝の通勤時刻なので、駅のホームは多少混みあってはいるが、ホームは端まで一直線に見渡せるので、危ないことをしている人がいればすぐ目につくはずである。

ましてや冬場ということもあり、黒や紺など地味な色の上着多いので、黄色のスーツケースはそれなりに目立つと思うのだが、いくら周囲を見渡しても該当しそうな人物が見当たらない。

高志さんは、「変だな……」と少し不思議な気持ちになった。

だいたい、きょろきょろしているのは自分だけで、周りの人たちはアナウンスを気にもせず、我関せずといった雰囲気である。

そうするうちにも、アナウンスの語気はますます強くなっていく。

ほらっ！　黄色いスーツケースの方っ！　気をつけてくださいってば！！

人身事故でも起きないかと不安になってきたところで、高志さんのすぐ側にある改札階行きの階段の上から、「きゃっ！」という鋭い女性の悲鳴が聞こえた。

階段に目をやると、ガタガタガタガタッ、と激しい落下音と共に、黄色いスーツケースが、上から自分のほうへ一直線に滑り落ちて来るのが見えた。

それを見た高志さんは素早く脇へ身を避けながら、「危ないっ！」と叫んだ。

高志さんが叫んだおかげで周囲の人間もスーツケースに気づいたようで、横に居た妻も含めて全員身をかわしたので、スーツケースは人にぶつかることなく高志さんの横を通り過ぎ、線路には落ちずにホームのへりで動きを止めた。

数秒後、「ごめんなさい！」を連呼しながら、階段上から持ち主である若い女性が駆け下りてきたが、改めてよく見ると、それはかなり大型のスーツケースであった。

女性が重そうに引き起こす仕草からしても、相当に重量がありそうで、これがもし高志さんに直撃していたら、転倒して大怪我をしていた可能性もあるだろう。それどころか、位置的にみて、運が悪ければ弾き飛ばされて線路へ転落していたかもしれない。

スーツケースを女性が拾い起こしている際中にはもう電車がホームへ到着したので、転落していたら無事では済まなかった。

まさに、間一髪。先ほどのアナウンスで高志さんが周囲に気を配っていたからこそ、咄嗟（とっさ）に避けることができたのだろう。

「いやあ、危ないところだったな……」

横にいる妻にそう言ったところで、ふと妙なことに気がついた。

あの女性は、ホームではなく階段の上にいた。

でも、アナウンスはホームに流れている。

女性は階段を降りる際に、躓くなり、うっかり手を離すなりして、スーツケースを落としてしまったのだろうから、それを事前に予測できたとは思えない。

だとしたら、アナウンスをしていた駅員は、いったい何を見て危ないとわかったのか。

まるで、女性がスーツケースを落とすのが最初からわかっており、それをホームにいる人に聞かせるためにアナウンスしたようである。

釈然としないまま、「今のは何だったんだ」と夫婦で顔を見合わせたという。


それから数日後のこと。

その日は雨が降っており、駅は傘を手にした人で溢れていた。

するとまた、強い口調でホームにアナウンスが流れたのだ。


危ないですよーー。紺色のコートの方、人に傘を向けないでください。

危ないですよーー。紺色のコートの方、人に傘を向けないでください。

アナウンスを耳にした高志さんはホームを見渡したが、通勤時なので地味な色のコートが多く、今度は逆に、黒や紺ばかりしか目に入らない。

いったい、誰のことを言っているのか。

先日のこともあるので、高志さんは周りを気にしていると、自分のすぐ斜め後ろに立っている女性が、鞄の中に手を入れて何かを探しはじめた。

そのタイミングで今度は、電車が到着するというアナウンスが流れた。

女性は眉間に皺を寄せ、苛々した様子で、鞄の中をガサゴソとかき回しはじめた。

携帯電話か、それとも財布か。とにかく何か大事な物なのだろう。電車に乗ってしまう前に見つけたいという焦りが伝わってくる。

大きめの肩掛け鞄なので、どうやら手探りでは見つからなかったようで、女性は鞄の取っ手、バッグハンドルを両手で持ち大きく開いて中を覗き込んだ。

ただその際、焦る気持ちがあったからだろう、持ち手ごと握った傘は横になり、その先がちょうど高志さんのほうに向いてしまった。

次の瞬間、歩きながらスマホを弄り、まったく前を見ていない男性が、勢い良く女性の背中にドンッとぶつかった。

前のめりの姿勢だった女性は、そのまま重心を崩してよろめき、傘の先端を高志さんのほうに向けながら突っ込んできた。

高志さんが身を捩ってそれを避けると、女性は激しく転倒して悲鳴を上げた。

女性は怪我をしていなかったようで、痛そうにしながらも身体を起こす。

ぶつかった男性は、懸命に謝りながら女性が立ちあがるのを手伝っている。

今回も大事には至らなかったが、もしあのまま勢いよく背中を傘で突かれていたら、ホーム近くに立っていた高志さんは、そのまま線路へと転落していたかもしれない。

女性が立ち上がったところで駅に電車が到着したので、今回も落ちていたら大怪我どころではなかっただろう。


未来を予知するかのようなアナウンスのおかげで、高志さんは再び危ないところを救われたことになる。

きっと、ささいな動きや雰囲気で、危険を察知できるベテラン駅員がいるのだろう。

二度も助けてもらったお礼を伝え、「これからもがんばってください」と励ましの言葉をかけたくなった高志さんは、その日の仕事帰りに駅事務所へと立ち寄った。

「先日と今朝、スーツケースや傘に当たって大事故になるところだったんですが、駅員さんが危険を知らせるアナウンスをしてくれたおかげで避けることができました。あのアナウンスをしてくれた方に、ぜひお礼を言いたいのですが……」

そう伝えたのだが、応対した駅職員からは、「申し訳ございません。誰がアナウンスしたのか、勤務していたのは誰かなどは、トラブルになりかねませんので、利用者の皆さまには、お伝えすることができないんです」と丁寧に断られてしまった。

感謝の気持ちだけでなく、どんな駅員かも興味があったので、「つまらないな」とは思ったものの、言われていることはよくわかる。高志さんはそれ以上、不思議なアナウンスのことを考えるのをやめた。

それから数日後、高志さんは仕事帰りに寄った駅近くの立ち飲み屋で、二十代くらいの若い男から、「先日、駅事務所にいらっしゃった方ですよね」と声をかけられた。

話を聞いてみると、この若者は駅に勤めている職員で、例のアナウンスはどちらも彼がしたものだという。

「わざわざ丁寧にお礼を言いに来てくださったようでありがとうございます。職場の決まりでご挨拶はできなかったんですが、遠くからお顔を見て覚えていたんです。そうしたらこの店で見かけたものですから、ついお声かけしちゃいました。アナウンスのお礼なんて言われたことがなかったので、嬉しかったものですから」

「いやあ、その節は助かりました。ありがとうございます。それにしても吃驚しましたよ。まるで予知能力みたいなアナウンスでしたね」

「それなんですけど、実は僕にもそんな能力はなかったんです。それなのに、この駅に赴任してからは、なぜか駅で起こる危ない出来事や、事故や怪我が起こりそうなタイミングがわかるようになったんです。でも、これは僕の力ではないと思うんですよ。

ちょっと変な話をするんですけど、日本では昔から『八百万の神』なんて言うじゃないですか。自然、土地、物、あらゆる所に神様が宿るという伝承です。百年使った道具は付喪神になる、なんて言ったりもします。

だとしたら、何十年もずっと同じ場所に人が集まり続ける駅なんて、神様がいてもおかしくないとは思いませんか。

僕は勝手に『駅神様』って呼んでるんですけどね。きっと自分は、人智を超えた存在、駅に棲む神様に見初められたんじゃないか、そんな風に思ってます。

ただ、この前のことは、それだけじゃない気がしています。

駅で起こる事故や怪我なんて、それこそもの凄い数があるわけで、僕だってそのすべてを先読みできるわけではありません。本当にたまにしか感じ取れないんです。

それなのに、なぜかあなたの時だけは二回連続で予知することができました。もしかすると、あなたこそ、駅神様に見初められているのかもしれないですね」

若い男はそう笑いながら話すと、「お邪魔しました」と店を出て行った。

普通に考えれば、とても正気の沙汰とは思えない話だが、高志さんは妻と一緒にそのアナウンスを聞いているうえに、実際に危ないところを救われている。

それに、駅に棲む神様に好かれていると思うと、何だか悪い気もしなかった。

それからまた数日して、やはり朝の通勤時に駅のホームにいると、先日聞いたあの若者の声でアナウンスが流れた。

グッチのマフラーを巻いた男性の方、ホームから落ちますよーー。

グッチのマフラーを巻いた男性の方、ホームから落ちますよーー。


これを聞いて、高志さんはギョッとした。

というのも、彼は丁度、妻から誕生日プレゼントでもらった、グッチのマフラーを首に巻いていたからだ。

駅神様の話を聞かせると、「バカじゃないの」と大笑いをしていた妻も、今は気味悪そうな表情で高志さんのほうを見ている。

これまでのこともある。自分とは限らないが、気をつけるに越したことはない。

高志さんは妻の腕をつかむと、「ホームの端に近づくのはやめておこう」と言って壁際まで下がり、そのまま妻にぴったりと身を寄せた。

ここから先、高志さんは一切の記憶がない。

気づいた時には、ホームの端で大柄な男性に押さえつけられていた。

「おい！　お前何してるんだよ！　どういうつもりだっ！」

顔を真っ赤にした男性が、自分の上に馬乗りになっている。

殴られると思った高志さんが、「助けてっ！」と叫んだら、男性はさらに声を荒げて、

「助けてやったんだろうが！　この馬鹿野郎！」と怒鳴った。

男性は、「死にたいなら、どこか遠くで一人で死ね」と吐き捨てるように言うと、すでにホームへ到着していた電車に乗って去って行ってしまった。


何が起きたのか妻に聞いてみたところ、電車がホームに近づいて来るタイミングで、高志さんは急に妻の手を振りほどくと、そのまま地面に両手をつき、まるで陸上選手がやるクラウチングスタートのような姿勢をとったのだという。

ヨーイ、ドンッ。小さく呟くと、高志さんは線路に向けて一直線にダッシュした。

突然のことで、妻は高志さんを止めることができなかったが、走り出す前に変なポーズをしたせいで周囲の注目を集めており、ホーム端にいた体格の良い男性がすんでのと

ころで抱きくように押し倒し、なんとか大事に至らずに済んだという。

もしあの男性が止めてくれなければ、ホームに入って来た電車に飛び込んでいたと聞かされ、高志さんはようやく自分に何が起きたのかを理解して震え上がった。

今までは、危険を教えてくれているのだとばかり思っていた。

でも今回はそんな気などまるでないのに、気づけば線路へ飛び込もうとしていた。

あのアナウンスは、危険な未来を予知しているんじゃない。

きっと言葉通りに、危険な事故を引き起こしているんだ。

駅神様に見初められていますとか、ふざけたことを言いやがって。

にわかに恐怖と怒りが込み上げてきた高志さんは、困惑している妻をホームに残して、階段を駆け上がると、改札側にある駅事務所へと怒鳴り込んだ。

「いま、ホームでアナウンスをした駅員を出せ!」

高志さんが怒りにまかせてそう叫ぶと、奥から職員が一斉に集まってきて、「カメラで見たぞ! さっき線路に飛び込もうとした人だろ!」と逆に怒鳴られてしまった。

「変なアナウンスのせいで、暗示にかかってホームに飛び込みそうになったんだ」と懸命に説明したが、皆呆れた様子で、「何言ってるんだ?」と顔を見合わせている。

やがて責任者と思しき初老の男性が進み出ると、「みんな戻って。後は私が対応する」と言い、面倒くさそうに溜め息をついた。

「ご主人ねえ、先日も事務所に来て、アナウンスがどうのこうのと言ってましたよね。申し訳ないですけど、この前も今日も、そんなアナウンスはかけていませんよ」

「そんなことはないだろう。実際にアナウンスは聞いているわけだし、スーツケースが階段から落ちてきたり、傘で押されそうにもなったし。だいたい、そのアナウンスをしたという駅員さんとだって、近くの飲み屋で会ってるんですから」

高志さんは若い男の名前を聞いていたので、見た目や背格好と合わせて伝えたのだが、駅員はうんざりした様子で、「そんな人間は働いていない」と首を横に振った。

「あのねえ、電車が到着するとか、白線の内側に入ってくださいとかは言いますが、黄色いスーツケースの人とか、紺色のコートの人とか、グッチのマフラーの人とか、そんな注意の仕方をするわけないでしょう」

そう言われれば、確かに変なアナウンスではある。

でも実際にアナウンスを聞いたし、危険な出来事も起きている。

いったい、何がどうなっているんだ。駅員と名乗る若い男も誰なんだ。

その時ふと、あの男の言葉が頭をよぎった。

――ずっと同じ場所に人が集まり続ける駅なんて、神様がいてもおかしくない。

――あなたこそ、駅神様に見初められているのかもしれないですね。

まさか、本当に駅にいる「何か」に見初められてしまって、それが自分の魂を求めているのだとしたら。

高志さんはすっかり恐ろしくなって、それ以上考えることができなくなった。

それからは数日おきに、あの若い男の声で、駅のホームに高志さんを名指しするアナウンスが流れるようになった。

もう服装などではなく、「●●さん」と高志さんの名字で直接呼びかけてくる。

●●さぁーーん。線路に落ちますよぉお。気をつけてくださぁーーい。
●●さぁーーん。線路に落ちますよぉお。気をつけてくださぁーーい。

どうやら周りの人には聞こえていない様子だが、一緒にいる妻にだけはアナウンスが聞こえていて、完全に電車がホームに停車するまでの間、「絶対に離さないでくれ」と怯える高志さんの腕をしっかりとつかんでいてくれる。

それでも、こんなことが続くうちに高志さんの神経はすっかりまいってしまい、次第に会社へ行くことができなくなってしまった。

タクシーを利用すると、家から会社まで、往復で二万円以上かかってしまう。

それならば、ひとつ先の駅から乗ってみようか。

違う場所に引っ越してしまおうか。

でも、駅から駅は線路でつながっているから、どこへ逃げても、駅を利用する限り、自分の後をついて来てしまう気がしてならない。

それに今は朝だけだが、帰宅する時だって最寄駅に降りるわけだし、営業の仕事なので仕事でも電車を利用する。でもその時、腕をつかんでくれる妻は横にいない。

一人で駅を利用している時に、またあの男の声が、自分を呼ぶアナウンスが聞こえてきたら、知らずのうちに線路へ飛び込んでしまうのではないか。

毎日毎日、不安が募り、恐怖が膨らんでいくにつれ、次第に高志さんは駅というものに近づくことすら恐ろしくなってしまった。

高志さんの欠勤は、最初の一週間は「体調不良」で済まされたが、電話連絡だけで二週間目に突入すると、いよいよ会社でも本格的に問題視されるようになってきた。

先輩の島田さんも、高志さんの様子が気になっていたのだが、いくらメッセージを送っても返信がない。体調が悪い時は放っておいてほしいだろうし、奥さんもいるから大丈夫だろうと思っていたが、これ以上欠勤が続くと職場的にまずいことになる。仕方なく島田さんは、高志さんが電話に出るまで、粘り強くかけ続けることにした。
一、二時間おきに、何度も何度も着信を入れる。それを朝から丸一日続けると、とうとう根負けしたのか、夜になって高志さんが電話口に出てくれた。
電話の向こうにいる高志さんは酷く怯えた様子であり、島田さんが体調は大丈夫なのかと訊いたり、欠勤を続けている理由を尋ねたりしても、まったく要領を得ない受け答えしかしないので、「このまま会社を休み続けたら、懲戒処分か解雇だぞ」と少し脅し気味に伝えたところ、「どうせ信じてくれないでしょうが……」と言いながら、高志さんはこれまでの出来事を話しはじめた。


「……というわけなんです。もう怖くて、駅に近づけないんですよ」

「お前の気持ちはよくわかったけれど、間違いなく心を病んでいる状態だよ。妄想とか幻聴が起きているんだから、まずは精神科へ行って診断書をもらったほうがいい。それを会社へ提出しないとクビになるぞ」

「そんなはずないんです。夫婦揃って聞いているんですから間違いありません。でも先輩はやっぱり信じてくれないんですね。話さなければよかった」

「いったん病院へ行ってみないか。ただそういう話も含めて、まずは一回会社へ来て、総務課や部長にきちんと話さないとダメだ。とにかく明日は、絶対に会社に来てくれ」

「……わかりました……」


高志さんが暗い声で電話を切った後、島田さんは急に怖くなってしまった。

家族ぐるみの付き合いなので、単なる職場の後輩ではない。弟みたいなものである。体調不良だと言い張って会社に来ないと、遠からず懲戒解雇されてしまう。そうさせたくない一心で、かなり強引に明日の出社を約束させたが、もし心の病が重度だったら、妄想に駆られて線路へ飛び込んでしまうかもしれない。

その不安が胸の内で大きくなってしまい、結局、島田さんは翌朝早起きをして、こっそりと出勤する高志さんの様子を見守ることに決めた。

本人に連絡をして、「最寄駅で待っているから、一緒に通勤しよう」と声をかけようかとも思ったが、先輩が出社するよう強引に言ったうえで家まで迎えにまで行っては、さすがにお節介を通り越してパワハラになってしまう気がして、ずいぶんと悩んだものの、危ない挙動があれば助けられるくらいの距離でそっと見守ることにした。

高志さんの家から最寄駅の改札までは、車が二車線走る幅の広い一本道で、家の位置から通る側は決まっている。駅の近くで、通りの反対側から待っていれば、姿を見逃すことはまずないだろう。島田さんは早朝から通りに立って、高志さんがやって来るのをじっと待ち続けた。

やがて通りには通勤、通学する人たちが増えてきた。

そろそろかな……と思ったところで、通りの向こうから、高志さんと妻が二人で歩いて来るのが見えた。

ただ、その様子があまりにも異様で、まるで小さな子どもが母親に隠れるかのように、高志さんは先に歩く妻の後ろに回り、背中に貼り付くようにして歩いている。

そのまま改札をくぐるのだが、駅に入ると怯え方が尋常ではなくなり、ぴったりと妻の背中に隠れて前を見ようとすらしない。

当然、周りの人たちも「何だあれ」という怪訝（けげん）な顔で通り過ぎて行く。

高志さんの様子次第では、姿を見せて「心配だから迎えに来たよ」と声をかけようとも思っていたのだが、とてもそんなことができる雰囲気ではない。

二人に気づかれないようにしながら、そっと後を付けていく。

改札を抜け、階段を降りて、駅のホームに入ると、高志さんは妻の右手を自分の胸に抱きよせ、両手でしっかりとつかんで、文字通り縋り付くようにしている。

他の人たちも気になるのだろう、皆、二人をチラチラと見ているので、島田さんが彼らのほうに目をやっても、あまり目立つことはなさそうだ。不測の事態が起きた時にすぐ駆け寄れるよう、三、四メートルの距離まで近づいて行った。

近くで見る高志さんは蒼白な顔で小刻みに震えており、この段になってようやく、高志さんが本当に駅を怖がっていることが、島田さんにもひしひしと伝わってきた。

それと同時に、「まさかな」とは思いつつも、高志さんの言っていることが本当だったら……という不安が徐々に込み上げてきた。

すると突然、高志さんがカッと目を見開き、視線が宙を彷徨いはじめた。

耳を虚空に寄せているので、おそらくは彼にしか聞こえない例のアナウンスが流れはじめたのだろう。

いったい何が聞こえているのだろうか、高志さんは不安そうにしながら、妻に縋ってその背中に隠れ、何もない中空をきょろきょろと見渡している。

そして、怯える高志さんの耳元に口を寄せ、彼の妻がずっと何かを囁いている。

何を言っているのかは、島田さんのところまでは届かない。

でも、彼の妻が囁きはじめてから、高志さんの様子が明らかに変わったので、彼がアナウンスだと思っている声は、もしかすると妻の囁き声ではないのか。

感情のない薄笑いを浮かべたその顔は、ロボットか能面のような不気味さで、とても島田さんの知っている朗らかな高志さんの妻とは思えなかった。

やがてホームに電車が到着し、二人はゆっくりと車内に乗り込んで行った。

結局、心配するような出来事は何ひとつ起こらなかった。

妻に支えられるようにしてなんとか会社まで辿り着いた高志さんに、島田さんは一度も声をかけることができなかった。

そして高志さんは妻の付き添いの元、精神的に非常に厳しい状況であること、精神科に通いたいので、しばらく休職させてほしい旨を上司に伝えた。

高志さんは三か月間休職した後、一度も復職できないまま、いつの間にか静かに会社を去ってしまった。

島田さんは心配になって何度も連絡をとったが、もう二度と高志さんから返信が来ることはなかった。

ただ半年経った頃、彼の妻から連絡があり、高志さんと離婚したこと、そして離婚届けにサインした後は、どこで何をしているのか消息不明であることを聞かされた。

「いやあ、今になってあの日のことを思い返すと、高志が言っていたことは本当だったのかもしれないと思うんです。『駅神様』に見初められたっていう話。

確かに高志と奥さんは、そんなに仲のいい夫婦ではありませんでした。喧嘩ばっかりしていたしね。でも、奥さんは気が強いけど朗らかな人で、旦那に呪いをかけるような人間では絶対にないんです。

あいつの耳元で囁く奥さんの表情、とても普段の様子ではありませんでした。駅に着いてから、まるで何か別のモノが奥さんに憑依したように思えてしまったんです」

こんな話を聞かせてくださった島田さんに、私はひとつお願いをしてみた。

「奥さまは、自分が囁いていたことを覚えているんでしょうか。もし記憶にあるなら、いったい何を言っていたのか、どんな気持ちだったのか聞いてみたいのですが、よければ紹介をしていただいたり、連絡先を教えてもらえないでしょうか」

すると島田さんは、少し困ったような、バツの悪そうな顔でこう言った。

「うーん、まあ、連絡はとれるんだけど、あの日こっそり見ていたことを本人にまだ言えてないからね。僕はずっと気になっているんだけど、中々聞けずじまいなんだよ。その気になれば、タイミングはいくらでもあるから、聞いたら君に連絡するよ。実は……高志の元奥さんなんだけど、今は僕と再婚しているんだよね」

あれからもう八年経つが、島田さんからはまだ連絡が届かない。

並行世界を覗く猫

弥幸（みゆき）さんの夫である光雄さんは、身体的暴力こそ振るわないものの、精神的なDVを繰り返す、典型的なモラハラ夫であった。

「稼ぎが僕の六分の一なんだから、二人が対等な関係でいるには、家事くらいは弥幸が全部やってくれないとフェアじゃないよね」

光雄さんは、掃除、洗濯、料理、買い物、切れた電球を替えるような日常の些事（さじ）に至るまで、家のことはすべて妻に押しつけたうえで、どうでもいいような細かい不出来をあげつらっては、弥幸さんを責め立てることを生き甲斐としていた。

「僕は家事労働をきちんとひとつの仕事として考えているんだ。もちろん馬鹿になんかしていない。君の六倍は収入があっても、きちんと家事をこなしてくれさえしたら、職業人として対等に扱ってあげるつもりだよ。

だから家事サービスを提供するという、きちんとしたプロ意識を持ってほしいんだ。

僕はいわば、サービスを受けるお客様の立場だよね。

それなのに、この程度のサービス、クオリティで、君は家事労働のプロと言えるの？

別にいいんだよ、対等な関係じゃなくても。

プロの仕事ができないなら、タダ飯喰らいの寄生虫扱いをしたって構わない。

でもさあ、家事くらいプロとしてがんばらなくて、恥ずかしくないの？

三十五歳を過ぎて低賃金パートしかできないアラフォーのくせに、毎日美味しいご飯を食べられるのも、４ＬＤＫのマンションの家賃も、効いてるのかわからない化粧品も、エアコンの設定温度を強にしたまま電気代を気にしなくていいのも、税金や健康保険料が支払えるのも、全部僕が稼いでるおかげでしょ。

男だったら、中年ニート、ヒモって、女から馬鹿にされてるよ。君は女だから運が良かったねえ。ちょっと可愛い顔に生まれたおかげで、僕みたいに美人に甘い旦那さんが、ちゃんと人間扱いをしてあげてるんだから。

だからいいかい、晩御飯くらいは、まともなものを作ってほしいんだ。

ほら、今日のブロッコリーなんて、茹で時間が長過ぎるから新鮮な食感が損なわれているし、市販品のタルタルソースも美味しくない。これじゃあ家事のプロとして不合格だよ。それにタルタルソースくらい、自分で作ろうとは思わないのかな……」

これはある日の食卓の光景だが、夫の光雄さんは万事がこの調子である。

弥幸さんのパート収入の六倍以上稼いでいることを盾に、家事の小さな不備、不手際を見つけて、延々と嫌味を言っては、妻を苛め続けていた。

光雄さんは弁が立つうえに、正論じみた理屈を振りかざすので、月に十万円程度の収入しかない弥幸さんは、常に劣等感と罪悪感を植え付けられ続けてきた。

しかもパートの給与は、「専業主婦でも構わないのに、家事を疎か(おろそ)にしてでも外で仕事を続けたいという、君のわがままを許可しているんだから、ちゃんと家計の足しにしてくれないと困る」とすべて徴収されてしまい、食費や雑費、月の小遣いは夫から渡されて、何に幾ら遣ったかということまで細かく管理される生活であった。

とはいえ、弥幸さんも結婚する五年前までは、企業の広報部でPR職に就いており、人並みの収入はあったのだ。「僕の収入は安定しているから、君には今の忙しい仕事を辞めてほしい。結婚したら安らぎがほしいから、仕事で精一杯の僕を側でサポートしてほしいんだ」と頭を下げてきたのは光雄さんのほうである。

その言葉を真に受けた弥幸さんが、退職して家庭に入ったのが間違いのはじまりで、光雄さんは半年も経たずに本性を現し、ことあるごとに妻の不出来を罵るようになった。

弥幸さんも最初こそ「自分が上手くできないせいだ」「もっと支えてあげなくては」とがんばってみたのだが、光雄さんは何をやっても粗探しをするだけで、妻がしてくれたことに一切感謝をしなかった。

それも、ただ怒られるだけではない。

「同じミスを繰り返すなんてプロ意識が足りない」と寒い風呂場に裸で正座させられたまま説教をされたり、夫より早寝したり遅く起床したりすると、「家事労働の早退、遅刻にあたる。これが会社だったら懲戒だぞ!」と怒鳴られ、小遣いを減額されたりする。

弥幸さんは、一緒に暮らしてほどなく、夫が他人を支配して優越感を得たり、嗜虐心を満たしたりするだけの矮小な人間であることに気がついたが、すでに銀行口座は管理されており、頼れる家族のいない弥幸さんは、毎月のパート収入だけでは家を出ることも叶わず、一生この暮らしが続くのかと絶望感に苛まれていた。

それでも弥幸さんにはただひとつ、心の癒し、生活の潤いとなる存在があった。

猫、である。

弥幸さんは結婚前から、青い目の白猫を飼っていた。

猫の保護活動をしている友人から、生後半年に満たない仔猫を譲り受け、「ワタゲ」と名づけて大切に面倒をみてきたので、まるで弥幸さんの子どものように懐いていた。

光雄さんはこれが面白くなかったようで、ことあるごとに猫を邪険にしては、排泄物が臭い、あちこちに毛が付いて汚らしい、足元にいてうっとおしい、などと日々嫌味を言い続け、寝ているワタゲにわざと大声を出して怖がらせたり、足元にいるのを気づかないふりをして軽く蹴ったりする。

弥幸さんは、「やめてよ」と幾度か注意したのだが、光雄さんは文句を言われたり口ごたえされたりすると癇(かん)に障るようで、「家賃も光熱費も餌も何もかも、俺の金で面倒みてるんだ」「臭くて汚くて邪魔くさくて、お前の家事まで疎かになる」「俺のおかげで生きていられるのに、ろくに懐きもしない畜生なんて、保健所に連絡して処分させてもいいんだぞ」などと逆上して、手が付けられないほど怒り狂う。

一度などは、「躾けているだけなのに、『虐めないで』とか生意気な口をもう一度でも利いてみろ、このクソ猫を必ずぶち殺すからな。猫なんて殺しても器物破損にしかならないんだぞ！」と喚き散らし、猫の首根っこを無理につかむと、ぎゅっと床に押し付けながら「わかったか！」と怒鳴るので、苦しそうに呻くワタゲの鳴き声を聞きながら、「ごめんなさい、ごめんなさい」と必死に謝るしかなかった。


弥幸さんにとって、ワタゲは子どものような存在である。

夫の機嫌を損ねないようにしつつ、なんとか守り、庇っていかなくてはいけない。

そこで弥幸さんは、夫が滅多に立ち入らない、荷物や本棚があるだけの部屋のクローゼットにタオルを敷いて、猫が落ち着いて過ごせる場所を作ると、夫が苛ついていたり、酒で酔ったりしている時には、「ここにいてね」とワタゲを隠すようにしていた。

クローゼットの中は、普段使わない物がたくさん収納されており、光雄さんがここを覗くことはまずなかった。猫もここが安全だとわかっているのか、すっかり気に入ったようで、一日の大半をクローゼットの中で過ごすようになっていた。

ある日の夕方、パートから帰って来ると、戸を少しだけ開けてあるクローゼットの中からワタゲがスッと姿を現わし、口に咥えている物を弥幸さんの足元へポンと置いた。数字の「5」の形をした蝋燭(ろうそく)で、よく誕生日ケーキなどに使われているものだ。ここ数年、誕生日ケーキに蝋燭を立ててお祝いをした記憶などないので、なぜこんな物がクローゼットの中にあったのだろうと不思議な気持ちになったが、とはいえあまり深く気にすることもなく、そのまま蝋燭をゴミ箱に捨ててしまった。

ところが、次の日もまた、クローゼットから出てきたワタゲの口には、数字を模した蝋燭が咥えられていた。今度は、「1」の形である。

ますます妙な気分になったが、翌日は「3」、その次は「7」の蝋燭を持ってきた。

さすがに不審に思いクローゼットの中を確かめてみたが、目につく範囲に蝋燭は置かれていなかった。といっても、二メートルほど奥行のあるクローゼットには、普段使わない物が山積みになっているため、隙間のどこかに蝋燭があったのだろう。

弥幸さんはそう自分に言い聞かせたが、ワタゲは翌日からも蝋燭を咥えてクローゼットから出てくることをやめず、「5」「1」「3」「7」の四種類の蝋燭を、毎日毎日、その順番で弥幸さんの足元へ運んできた。


そんなことを続けながら、半月以上経ったある晩のこと。

深夜一時過ぎ、深酒をした光雄さんが、千鳥足で帰宅した。

もちろん、「晩御飯はいらない」と事前に連絡など寄越さない。

酔ってソファに倒れている夫を横目に、溜め息をつきながら料理を片付けていると、リビングの机に置かれた夫の携帯電話が、ポン、と何度も鳴動を繰り返した。

画面はロックされているが、それでも連続してＬＩＮＥが届いているのはわかる。

夜中に何通もＬＩＮＥでメッセージを送ってくる相手とは誰なのだろう。

ここ数か月、「仕事が忙しい」と急に帰宅が遅くなり、休日出勤まで増えたので、少し変な感じはしていたが、正直、夫が家に居ないほうが楽なので、そのことをあまり深く考えないようにしていた。

まさかとは思うが、夫は浮気でもしているのだろうか。

そんな疑念が胸に湧き、つい携帯電話を覗きたくなってしまったが、残念ながら暗証番号でロックが掛けられているので、弥幸さんには操作することができない。

すると足元から、ニャア、という猫の鳴き声が聞こえてきた。

目をやると、ワタゲが真剣な表情でこちらを見上げている。

そしてもう一度、何かを訴えかけるように、ニャアア、と大きな声で鳴いた。

「もしかして、そういうこと……?」

弥幸さんは夫の携帯電話をそっと手に取り、ロック画面に「５１３７」とパスワードを入力する。次の瞬間、ロックが解除され、携帯電話が操作できるようになった。

画面には起動したままのＬＩＮＥが表示されており、「りなちゃん」という相手から、「今夜はご馳走さま」「みーくん大好き♡」「週末のデートも楽しみ」といった内容のメッセージが何通も届いているのが見えてしまった。


――信じられない、本当に浮気していた。

日々自尊心を傷つけられ、それでも良き妻であろうと耐え忍んできた結果がこれか。

驚愕、怒り、悲しみ、不安。様々な感情が入り乱れ、頭の中が真っ白になっていく。

一瞬、目の前の夫を叩き起こして、浮気の証拠を突き付けようかとも思ったが、少し冷静に考えると、そんなことをしたからといって、何もいいことは起こらない。

夫は「違う、誤解だ」と図々しく言い逃れて、浮気をしたことを認めないだろうし、どんなに腹が立っても、衝動的に家を飛び出したところで行く先などない。

かといって、夫を家から追い出しても、翌月から家賃も光熱費も払えなくなる。

異常にプライドの高い男なので、簡単に離婚に応じるとも思えないし、銀行口座が夫婦の共有財産だと主張しても、「俺が稼いだ金だ」と譲らないだろう。きっと慰謝料だって、裁判までやって判決でも出ない限り、絶対に支払おうとはしないはずだ。

だとしたら、今できることは何もない。

猫のことも考えると、路頭に迷うわけにはいかないから、気づいてしまった浮気には目を瞑(つむ)り、屈辱的な思いで、これまで通りＤＶを受けながら暮らすしかないのだろう。

足元のワタゲが、何かを期待するように自分を見上げてくるので、頭を撫でながら、「せっかく教えてくれたのに、何もできなくてごめんね」と弥幸さんが謝ると、猫は悲しい声色で、ニャアア、と鳴いて、静かにクローゼットへと去って行った。

こんなことがあった数日後、ワタゲは再びクローゼットの中から物を引っ張り出し、弥幸さんの足元まで運んできた。

それはアーモンド型をした黒い木彫りのお面で、昔、アフリカの民芸品店で見かけたことのあるような、民族的なデザインが施されたお面であった。

土産物なのかもしれないが、初めて見るお面なので、クローゼットの中にあったとは思えない。ただ、前回のことを考えると捨てる気にはなれなかった。

翌日になると、ワタゲは再びクローゼットの中から、今度はアニメキャラクターの絵が描かれたマグカップを引きずり出してきた。有名な作品なので知ってはいるが、観たことはないので、自分の物ではないと断言できる。子ども向けで、軽くて割れにくい素材で作られており、玩具のようにちゃちなマグカップは、夫の物とも思えなかった。

さらに次の日は、ゴトン、と重い物の落ちる音がしたと思ったら、クローゼットの隙間から、ワタゲが懸命に鼻で押しながら、大ぶりな金属製の文鎮を押し出してきた。

お面、マグカップ、文鎮。

どれひとつとして見覚えがないので、なぜこんな物がクローゼットから出てくるのかわからない。まるでワタゲが別の世界から運んできたかのようである。

何か意味があるかもしれないので捨てるわけにもいかず、結局、アクセサリーや化粧品を収納したりなど、普段から弥幸さんが使っている自分の机へ置くことにした。

どうすればいいのかわからないので、お面は机の上の壁に掛けて飾り、マグカップは机の片隅に置いて、大きな文鎮は邪魔なので、マグカップの中に挿して立てた。

「こんな感じでいいのかな？」とワタゲに聞いてみたが、興味なさそうに毛づくろいするだけで、ニャアともすんとも返事をしない。

夫からは、「いつの間にか余計な物を増やしている」と嫌味を言われつつ、そのまま数日を過ごしていたのだが——。

猫がクローゼットから文鎮を取り出した日から、ちょうど一週間目の夜のこと。

その晩、関東一帯が、震度二から四の地震に見舞われた。

二三時を過ぎているが、夫はまだ帰って来ない。

家事を終えた弥幸さんは、一日の終わりに自分の机で本を読んでいると、突然、ガタガタガタッと大きく家具が揺れて、壁に掛けていたお面が机の上に落ちてきた。

落下したお面は、机に置かれているマグカップにぶつかった。

衝撃でマグカップは倒れ、挿していた文鎮が机の上から転げ落ちる。

そこに、地震で動いたキャスター付きのミニテーブルがサーっと滑ってきた。

ミニテーブルのキャスターは、床に落ちている文鎮にぶつかって、それがストッパーになり、机のすぐ横でガクンと動きを止めた。

次の瞬間、振動でバランスを崩したのだろう、近くに置いてある大きな姿見の鏡が、弥幸さんのほうへ思いきり倒れてきたのだが、机の脇で動きを止めているミニテーブルに当たってバキッとヒビが入り、その一部が割れて破片が床に散らばった。

脇にあるミニテーブルが運良く衝立になり、破片が弥幸さんのところまで飛んでくることはなかったが、もし文鎮がストッパー代わりになっていなければ、ミニテーブルは弥幸さんの脇を素通りして行ったはずである。

その場合、衝立になるミニテーブルがないので、大きな姿見が勢い良く弥幸さんの座る机に倒れ込んできただろうし、割れた鏡の破片で大怪我をしていたかもしれない。地震が起きて、仮面が落ち、マグカップが倒れ、文鎮が転がり、ストッパーになってミニテーブルが止まり、倒れてきた鏡で怪我をせずに済んだ。

本当にこれを狙ったのだとしたら、ワタゲは未来を予知したことになる。

しかも、絶対にクローゼットに入っていないはずの物を使って事故を止めた。だとしたら、現在とは違う、弥幸さんが怪我をする別の未来を見たワタゲが、別の場所から持ってきた物で、それを防いでくれたということなのか。

まるでSF小説のように、クローゼットが別世界の入口になっているのかと思って、何度も戸を開け閉めしてみたが、もちろんどこにもつながりはしない。

「ありがとうね。君は並行世界を覗ける猫なのかな」

白い毛が滑らかに流れる頭をそっと撫でると、ワタゲは満足そうに目を細めながら、クルルル……と喉を鳴らして丸くなった。

しばらくは何もなかったのだが、ひと月ほど経った後、ワタゲがまたクローゼットの中から見慣れない物を取り出してきた。それは黄ばんだ古い野球ボールで、掠(かす)れた字で野球選手らしき人のサインと、「光雄くんへ」というメッセージが書かれている。

夫に見せると、「どこにあったんだ？」と驚きながらも、「子どもの頃に大好きだったプロ野球選手のサインボールだよ。俺のために父さんがわざわざ手に入れてくれてさ。懐かしいなあ。とっくに失くしたと思っていたのに……」と嬉しそうに喜んで、自分の部屋の本棚に飾った。


翌日、ワタゲが咥えて持ってきたのは、表紙に「三年C組　●●光雄」と書いてある学習ノートだった。どうやらこれも、夫の持ち物のようである。

本人に渡すと、「おいおい、これもクローゼットから出てきたのか？　俺が中学生の時にいろんな面白ネタとか、イラストを描き溜めていたノートだよ。今見ると恥ずかしいけど、懐かし過ぎて捨てられないなあ」と言いながら、やはり自室へと持って行った。

さらに数日後、ワタゲがクローゼットの中から、ニャアニャアニャア、と何度も激しく鳴くので、何事かと思い様子を見に行くと、ゴン、ゴン、と何かを扉にぶつける音がする。開いてみると、それはクリスタル製の三角錐型のトロフィーで、日付と「優勝」

という文字が彫られている。

案の定、これも光雄さんの持ち物で、数年前、仕事関係のゴルフコンペで優勝した時のトロフィーであるらしく、しばらくは職場に置いていたのだが、部署移動で荷物を整理する際に紛失してしまったのだという。

さすがに光雄さんも不審に思ったらしく、「えっ、何でこれが家にあるの？」と首を捻って(ひね)いたが、まさか猫が異世界から持ってきたと言えるわけもない。

弥幸さんが「さあ……他にも古い物がいろいろありそう」と伝えると、不可解さより懐かしさが勝ったようで、光雄さんは「わかった、何か見つけたらまた教えてくれ」と言い、嬉しそうな様子で、自室の上にトロフィーを飾った。

この時点で弥幸さんは、「きっと前回と同じパターンだ。ワタゲが未来に起こる不幸を予知して、未然に防ごうとしてくれているに違いない」と確信していた。

家族を思うワタゲの気持ちには感謝しつつも、弥幸さんの胸の内には、ふつふつと悪い考えが湧き上がっていた。

たぶんそろそろ、夫の部屋で何か事故が起こるはずだ。

もしその時、ワタゲが用意してくれたボール、ノート、トロフィーのどれかが欠けていたら、あの男はいったいどうなってしまうのか。

だいたい、私はキッチンの片隅の机しか居場所がないのに、あの男だけ自分の部屋を持っていることも腹立たしい。

せめてその部屋の中で、怪我のひとつでもして、少しは痛い目に遭えばいい。

そう思った弥幸さんは、夫の部屋の机の上から、こっそりとノートを持ち出した。

光雄さんは「あれ、この前のノートが見当たらない」と探し回っていたが、弥幸さんは「見てない」「知らない」とやり過ごしながら、「その日」が来るのを待っていた。

ある晩、光雄さんはベロベロに酔って帰宅すると、「晩御飯は？」と聞く弥幸さんに、「うるせえな、こんな時間に喰うわけないだろ、少しは考えろバカ」と悪態をつきながら自室へふらふらと入って行った。

そして、酔った勢いで本棚にドンッとぶつかった。

土台を組んで飾っていたサインボールが、本棚からポン……と転げ落ちる。

光雄さんは「いってえな、クッソ」と文句を言いつつ、足を一歩踏み出した。

そこには、先ほどのサインボールが落ちている。

ボールを踏んだ光雄さんは、「あっ」と小さな悲鳴を上げながら、思いきり前につんのめり、そのまま机へと倒れ込んだ。

反射的に机に手をついたものの、転んだ勢いを止めることはできず、ガンッ、と机の角に頭を打ちつけてしまった。

光雄さんが、「痛い、痛い、助けて！」と叫ぶので、弥幸さんは救急車を呼んだ。

病院で検査をしたが、骨にひびが入ったり、脳出血したりすることはなく、頭に大きなたんこぶができただけで、大事には至らずに済んだ。

「いやあ、昨日は危なかった。スポーツで鍛えた反射神経で咄嗟に机へ手を付いたから、倒れる向きを変えて、机の角に頭を打つだけで助かったんだ。あのまま倒れていたら、先の尖ったクリスタルの上に顔から突っ込んでいたはずだから、無事では済まなかったと思うよ。これぞまさに、危機一髪というやつだね」

退院した夫が得意げに語るのを聞いて、弥幸さんは自分のしたことに気がついた。

もし自分が机の上からノートを持ち去らなければ、夫が手を付いた先にはノートがあったはずだから、倒れた勢いで夫の手はノートと一緒に机の上を滑り、当初予定されていた運命の通り、顔からクリスタルの上に倒れ込んだに違いない。

「ごめんね。せっかく君が計画を立ててくれたのに、私が余計なことをしちゃった」

弥幸さんは小さな声でそう呟きながら、足元に擦り寄ってきたワタゲの背中を何度も何度も撫でたという。


もう十年以上前、知り合いが開催した飲み会で同席した弥幸さんとは、猫好き同士ということで話が盛り上がったのだが、私が怪談を集めていることを知り、わざわざ後日連絡をくださり、電話取材にてこんな話を聞かせてくれた。

クローゼットから並行世界を渡り歩く猫というのも不思議で興味深く、大変面白く聞かせてもらったのだが、話が終わっても気になることがひとつあった。

というのも弥幸さんと知り合ったのは、私の知人が開催した、離婚歴のあるシングル同士の飲み会であったからだ。

しかも弥幸さんは、飲み会の自己紹介で、元夫の資産を株で増やしたうえに、現在はネイルサロンを経営していると話していた。

ブランドの服で着飾っていたので、とても今の話の人とは思えない。

「結局、ＤＶをするご主人とは離婚されたんですよね？　慰謝料で開業したんですか？いやほら、この前の飲み会、バツが付いてる人の集まりだったじゃないですか」

「あなた野暮なこと聞くわねえ。二度目は、失敗しないに決まってるでしょ」

そう言うと弥幸さんは、電話口でケラケラケラケラと愉しそうに笑った。

なお話を聞いた当時、十八歳になるワタゲはまだ健在で、弥幸さんと暮らしていたことを追記しておく。

ミーコより、愛を込めて

「幽霊って、本当に電話が好きですよね」

開口一番そう言ったのは、仕事先の知り合いから「凄い体験談がある」ということで紹介してもらった、宏志（ひろし）さんという二十代後半の男性。

取材から遡（さかのぼ）ること七年前、当時の宏志さんは北関東にある某市の高校へ通う三年生で、彼には同じ高校に通う美千子（みちこ）さんという恋人と、鈴木さんという親友がいて、三人は同じ中学校からの付き合いで、よく一緒に勉強をしたり遊びに出かけたりしていた。

三人が通っていた高校は、地元ではそれなりの進学校で、東京や大阪をはじめ、全国各地の大学に進学する生徒が多かった。

地方都市の暮らしに嫌気が差し、東京の生活に憧れていた宏志さんは、学内でも成績上位だったこともあり、目標を東京の有名私立大学に絞って受験勉強に励んでいた。

そして、親友の鈴木さんはさらに優秀で、学内でも一、二を争う成績であり、早々に国立大学への推薦入学を決めて、やはりこの街から出て行くことが決まっていた。

一方、恋人の美千子さんも成績自体は悪くなかったのだが、一人娘を地元から出したくないという親の強い意向で、地元の大学以外に進学を許されていなかった。

美千子さんはとにかく情の濃い性格で、中学二年生のバレンタインで自分から宏志さんに告白して付き合って以来、彼と離れたくない一心で成績を上げ、高校の受験勉強をがんばって同じ進学校に合格した。

身長は一四九センチしかない華奢(きゃしゃ)な身体つきで、卵型の小さな顔に、茶色の大きな瞳だったので、どこか小動物のような可愛らしさがあり、好意を伝えてくる男子生徒も多かったようだが、とにかく宏志さん一筋で、「大学を出たら彼のお嫁さんになる」と周囲に言って憚(はばか)らなかった。

そんな美千子さんなので、卒業して遠距離恋愛になるのが嫌で仕方なく、東京へ行こうとする宏志さんに泣きついて、「一緒に地元の大学へ行こう」と何度もせがまれた。

娘を地元から出したくない美千子さんの両親に至っては、「本当に娘と結婚する気があるなら、一緒に地元の大学へ通って、できれば地元の公務員になって、結婚してもお互いの家族の近くで暮らしてほしい」と、宏志さんの人生設計にまで口出しをする。

いくら美千子さんが一途な可愛い子であっても、このまま地元から出ないで生きていくのはあまりに息苦しいので、宏志さんは「ミーコが東京に来ればいいじゃないか」と言い続けていた。

高校三年生の秋も終わりに近づくと、美千子さんはますます彼と離れるのを嫌がり、言い合いになることも少なくなかった。

その日の昼休みも、同じクラスの鈴木さんと教室で弁当を食べていると、美千子さんがいつになく真剣な面持ちで宏志さんの席にやって来て、「今日の夜、噂の縁結び神社に行って願掛けをしよう」と言いはじめた。

彼女は占いやパワースポットなど、スピリチュアル系の話が大好きなのだが、宏志さんはそうした話題が苦手なので、いつもなら露骨に嫌そうな顔さえすれば、申し訳なさそうに話すのを止めてくれる。

ただこの日の美千子さんは、宏志さんが嫌がってもまるで退かずに、「一生のお願い」「ヒロシもずっと私といたいよね?」と言いながら、「願掛けに行こう」と迫ってきた。

この「願掛け」とは、ここ数年、地元で噂になっている「恋が永遠に続くおまじない」のことで、縁結び神社と呼ばれてはいるものの、実際には正式な神社ではないようで、管理する者もいないまま、街外れの林道脇にポツンと建っている、古びて朽ちかけた小さなお社のことを指している。

お社は大人の背丈より少し高い程度の大きさで、何の謂(いわ)れがあるのか、所有者が誰かもわからないまま、傷むにまかせて放置されていた。前面の鉄扉は歪んで留め金も壊れており、開くことすらできないので、中に何が祀(まつ)られているのかも不明である。とてもご利益があるようには思えない見た目なのだが、むしろ不気味な様相が功を奏したのか、誰が言い出したかもわからない噂が、まことしやかに語られていた。

まず、願掛けをするカップルは、日が落ちて夜になってから、必ず二人揃ってお社を訪れなくてはいけない。そして一人が一枚ずつ、紙に氏名を書いて、それを二回折り畳んでから、お社に備え付けられた賽銭箱（さいせんばこ）の中へ投入する。

その後、お社に手を合わせて、「二人がずっと一緒に居られますように」と強く念じながらしばらく待つ。

二人の願いがうまく聞き届けられると、お社から十数メートル離れている場所に設置された、公衆電話が鳴りはじめる。

その電話に出て神託を受け取れば、二人はいつまでも一緒に居られるのだという。


よくある噂の寄せ集めにしか思えないので、まったく信じる気にもならないが、それを本気でやりたがる恋人の感覚が嫌で、宏志さんはどうにか断りたい気分である。

「夜に行くんでしょ？　怖いの苦手だから行きたくないなあ……。それにあの辺りは、暗くなると人通りがなくて危ないよ。ミーコだって、怖い人に遭ったら嫌でしょ」

宏志さんはそう言ってやんわり断ったのだが、横で聞いていた鈴木さんが勝手に気を利かせてしまい、「それなら俺も一緒に行くよ。男二人いれば怖くないだろうし、何かあってもどうにかなるだろ」と言い出したものだから、「やった！　鈴木サンキュー！」と美千子さんが喜んで、結局、その日の夜に願掛けへ行くことになってしまった。

住宅街を抜けて通りを進むと、次第に民家がまばらになり、廃業した商店街の跡地が見えてくる。かつては賑わっていたようだが、町の過疎化が進むにつれ、このあたりはゴーストタウンの様相を呈してきた。

当時の名残りはスーパー跡地の横に置かれた電話ボックスだけで、その脇から雑木林を抜ける細い林道が続いている。

お社は、大通りから林道へ十数メートル入った場所に建てられていた。

日没後の雑木林は真っ暗で、明るいのは街灯の真下だけで、周囲には吸い込まれそうな闇が広がっている。

三人が林道へ入ると、まだ夜の八時過ぎにも関わらず、街灯の光が僅かにしか届かないお社は、まるで真夜中のような静けさに包まれていた。

懐中電灯に浮かび上がる半壊したお社は、木造部分は黴で黒ずみ、金属部分は錆びて赤や緑に変色しており、その異様な佇まいには禍々しさすら感じてしまう。

普段は冷静な鈴木さんも、「うおぉ」と唸ったきり絶句しているのだが、美千子さんだけは「すっごーーい！　願い事叶いそう！」と手を叩いて大はしゃぎしている。

「さあ、二人の名前を書くよ！」

美千子さんは懐から小さな白い紙を取り出すと、宏志さんにも一枚手渡してきた。

そして、「消えたら困るから」と油性ペンで丁寧に自分の名前を書き、紙を二回折り畳むと、お社の前に置かれた賽銭箱にそっと入れた。

次にペンを渡された宏志さんも紙に名前を書き込むと、やはり二回折り畳んでから、錆びて薄汚れた賽銭箱の中へ放り込んだ。


「よし！　ずっと一緒に居られるように願掛けしよう！」

美千子さんはそう言うと、お社の前で両手を合わせ、深々と頭を下げてから、

「二人がずっと一緒に居られますように、二人がずっと一緒に居られますように」

と何度も何度も願い事を繰り返し唱えている。

あまりの真剣な口調に、つい茶化したくなって横を見たのだが、カッと目を見開き、お社を見据える美千子さんの思い詰めた表情にゾッとして、すぐに前を向き直した。

宏志さんは（なんだか嫌な感じだな）と適当に手を合わせていたのだが、

「ねえ、ヒロシもちゃんと願い事を声に出してよ！」

と美千子さんに睨まれたので、仕方なく宏志さんも、

「二人がずっと一緒に居られますように、二人がずっと一緒に居られますように」

と小さな声で願い事を繰り返した。

（どうせ何も起きないんだから、さっさと終わらせたい）

宏志さんがそんなことを考えていた矢先――。

ジリリリリリ　ジリリリリリ　ジリリリリリ　ジリリリリリ
突然、けたたましく鳴るベル音が、林道の入口から聞こえてきた。

ハッとして振り返ると、林道の入口にある電話ボックスから着信音が響いている。

「やった！　やった！　やったーー！　願い事が叶った！」

歓喜の声をあげて電話ボックスへ駆け寄る美千子さんを見つめながら、宏志さんは信じられない思いでその場から動けなかった。

昔のドラマでは、誘拐犯が公衆電話に電話をかけてくるシーンがあったが、実際には犯罪などに利用されないよう、店舗内にあるピンク電話や企業内にある公衆電話などを除いては、各公衆電話に割り振られた個別の電話番号は非公開となっており、イタズラでかけることなどできないはずだ。

それなのに、いま目の前で、公衆電話の着信音が鳴り響いている。

まさか、本当に願い事が叶ってしまったのか――。

美千子さんは電話ボックスのドアを勢いよく開けると、受話器を取って耳に当てる。

そのまま何かを聞いている様子で、一分ほど中にいたが、やがてゆっくり受話器を戻すと、ボックス内の薄明かりでもわかるくらいに蒼白な顔でこちらを振り向いた。

驚いた宏志さんと鈴木さんが、「どうしたの?」「大丈夫?」と聞いても、美千子さんはショックを受けた表情のまま、何も答えずに身を震わせている。

やがて唇を嚙み締めたまま、ぽろぽろと大粒の涙を流しはじめた。

どうしていいかわからない男二人は、「落ち着いて」「いったん帰ろう」と、泣き続ける美千子さんを宥めながら家まで送り、今夜はとりあえず解散ということになった。

その日の未明、美千子さんは天井の梁に紐をかけ、自ら命を絶ってしまった。

枕元には書き置きが残されており、自殺であることは間違いない。

そこには、「ごめんなさい」という両親への謝罪と、「ずっと一緒にいたかった」という宏志さんへのメッセージが残されていた。

泣きながら帰宅した娘が、彼氏への意味ありげな言葉を残して自殺した。

「さては娘に別れ話でもしたな」と、美千子さんの両親が宏志さんの家へ怒鳴り込んでくる大騒ぎになったが、その夜一緒にいた鈴木さんが、公衆電話の件は伏せたうえで、

「二人は喧嘩もしていないし、別れ話もしていない。ミーコちゃんに頼まれて三人で願掛けに行った後、突然泣き出したから、困って家まで送っただけだ」と証言したので、

最近の美千子さんが情緒不安定だったこともあり、宏志さんと離れるのが嫌で、衝動的に自殺してしまったのではないか、ということで落ち着いた。

それでも美千子さんの両親からは、「お前が東京に行こうとしたせいだ」と責められ、宏志さんは葬儀に参列することすら許されなかった。

こんな出来事があったので、宏志さんは親からも、教師からも、クラスメイトからも、腫れ物に触るように扱われながら残る半年を過ごした。

美千子さんの死は悲しかったが、それを考えないよう受験勉強に集中し、宏志さんは志望していた東京の私立大学へ無事合格、春からは上京して一人暮らしをはじめた。

鈴木さんも推薦をもらっていた東京の国立大学へ進学したが、あの出来事は親友だった二人の関係にも深い影を落としており、卒業を機にすっかり疎遠になってしまい、上京後は一度も会うことがなかった。

美千子さんの出来事は衝撃だったので、果たしてまた恋愛ができるのかと不安になっていたのだが、新生活に馴染むにつれ、宏志さんの中にある美千子さんの記憶も少しずつ薄れていった。

やがて大学生活に慣れてきたところで、飲食店のアルバイトをはじめると、仲良くなったバイト先の女の子と食事をするようになり、「もうすぐこの子と付き合うのかな」とぼんやり思うようになっていた。


そんな、ある晩のこと。

眠りにつこうとしたところで、携帯電話に着信があった。

画面を見ると、「非通知」と表示されている。

もしかすると、バイト先の誰かが、明日のシフトを替わってくれという、緊急の連絡かもしれない。

あまり深く考えず着信に出ると、電話口の向こうから、女の声が聞こえてきた。

……ヤットアエタ……ヒロシ……ウレシイ……ミーコ……ダヨ……

……ウレシイ……ヒロシ……ウレシイ……ヒロシ……ウレシイ……

まるで機械のように平板な口調だが、それでも聞き間違えるわけがない。

それは明らかに、死んだはずの恋人、美千子さんの声であった。


「えっ？　えっ？　ちょっと待って、誰？　どういうこと？」

混乱した宏志さんが問いかけても、相手はずっと同じ言葉を繰り返す。


……ウレシイ……ヒロシ……ウレシイ……ヒロシ……ウレシイ……


怖くなって電話を切ったものの、すぐにまた非通知で着信があった。

恐るおそる出てみると、やはり同じように、美千子さんの声が聞こえてくる。

こんなイタズラ、誰がしているんだ。

気味が悪くなり電話を切っても、繰り返し非通知から着信がある。

電話に出ないで着信を放っておくと、今度は携帯電話の「ピロン♪」という通知音が鳴った。見ると、差出人不明のアドレスから、一通のメールが届いている。

ヒロシ　ココニイルヨ　アイニキテ　ミーコ

文章の下には画像が貼られており、ガラス越しに夜の住宅街が写っていた。
しばし眺めたあと、宏志さんは見覚えのある景色だということに気づいた。

——まさか。そんな馬鹿な。あり得ない。

携帯電話を握り締めたまま、宏志さんはアパートから飛び出すと、家から歩いて一分足らずの距離にある、Y字路に設置された電話ボックスへと走り寄った。

電話ボックスに、人の姿はない。
ドアを開けて中に入り、ガラス越しにY字路の先、住宅街のほうへ向く。
そして、手に持った携帯電話の画面と景色を比べてみた。
間違いない。送られてきた写真は、この電話ボックスから撮られている。

——さっきの着信は、この公衆電話からかけてきたのか。

そう思った瞬間、手に持った携帯電話から、着信音が鳴りはじめた。

表示は、非通知。

震える指先で通話ボタンを押すと、美千子さんの声が聞こえてくる。

……ヤット……アエタ……ヒロシ……ウレシイ……ヒロシ……

……カンジル……イマ……アナタノコト……ダキシメテル……

——この公衆電話から、電話をかけて「きた」のではない。

——この公衆電話から、電話をかけて「いる」のだ。今、この瞬間も。

宏志さんは悲鳴をあげて電話ボックスから転げ出ると、そのままアパートへ逃げ帰り、携帯電話の電源を切って、震えながら朝まで過ごした。

朝が来て、怯えながら携帯電話の電源をつけると、もう着信は入らなかった。

そのまま大学へ行き、授業を受けて、人と会話をしていると、昨夜の出来事がまるで夢のように感じられる。

それでも、夜になり自宅へ帰ると、再び非通知の着信が鳴り響いた。

電話に出ると、やはり死んだ恋人の声が聞こえてくる。気のせいでも、夢でもない。

恐ろしくなって電話を切ると、昨日と同じようにメールが送られてきた。

そこには「アイニキテ　ヒロシ」と書かれており、昨日と同じく、電話ボックスの中から撮った画像が貼られている。


死んだはずの恋人が、自宅近くの電話ボックスまで来てしまっている。

そして自分の名前を呼び、会いに来て、と言い続けている。

どうすればいいかわからないが、まず電話に出ない、メールは見ないようにしよう。

携帯電話を操作して、非通知の着信を拒否設定にして、メール通知音もオフにする。

しばらくはこのままやり過ごして、バイトをがんばってお金を貯め、なるべく早く、近くに公衆電話のない場所へ引っ越す。それで何とかなるはずだ。

宏志さんは自分にそう言い聞かせた。

それから、数日後の夜。
深夜に、コンコン、と何かを叩く音がして目が覚めた。
アパートの部屋は一階で道に面しているため、夜遅くでも人通りがある。

コンコン、コンコン、コンコン

――外を人が歩いているだけだ。大丈夫、これはウチのドアじゃない。
目を瞑(つむ)ったまま、自分にそう言い聞かせるのだが、音は次第に激しくなっていく。

ガンガン、ガンガン、ガンガン

拳を叩きつけるような音が、明らかに玄関のドアから聞こえてくる。

誰かが玄関の外に立って、激しくドアを叩いている。

安アパートなので、外を確認できるカメラは付いていない。

凄く嫌だが、確かめる唯一の方法は、直接ドアスコープから覗（のぞ）くしかない。

足を忍ばせてそっと玄関に近づくと、察したようにノック音はピタリと止んだ。

宏志さんはドアスコープを覗いたが、外には誰も立っていなかった。


鍵のほかにドアチェーンまでかけてベッドに戻ると、携帯電話の画面上がチカチカと点滅して、数日振りにメールが届いたことを知らせていた。

差出人は不明。前回と同じアドレスである。

途轍もなく嫌な予感を抱えながら、宏志さんは今届いたばかりのメールを開いた。

アイニコナイカラ　アイニキタヨ　ミーコ

メッセージの下に添付されている写真は、部屋のすぐ外から撮った玄関ドア。

姿は見えないけれど、彼女は部屋の前に立っている。

家が見つかってしまったという恐怖と、逃げたいのに出られない恐怖が入り交じって、宏志さんはただひたすら布団を被って震え続けた。

夜が明けて太陽の光が窓から射し込むと、ようやく少し眠ることができたが、とても大学へ行く気分になれない。

これからどうしようかと途方に暮れていたところで、携帯電話がブルブルと震えた。

上京してから連絡をとっていなかった鈴木さんから、なぜか電話がかかってきた。

電話に出てみると、鈴木さんは「元気にしてるか」「お互い忙しくて会えてないな」と他愛のない世間話ばかりして、なかなか用件を話さない。

「……もしかして、ミーコのことか？」

宏志さんがそう言うと、鈴木さんは「うん……」と言いにくそうにしながら、ようやく本題に入った。

実は俺のところに、亡くなったミーコから電話がかかってきたんだ。

非通知の着信でさ、誰だろうと思って出たら、ミーコの声で挨拶された。

あの声、あの話し方、本物のミーコにしか思えなくて。

あいつ言うんだよ、『私も東京に出て来た』って。

願掛けしたせいかな、ミーコは死んだ後、あの公衆電話に居たっていうんだ。

公衆電話から公衆電話へ順に辿りながら、東京までお前を追い駆けてきたって。

それでな、『やっとヒロシの近くまで来た』と嬉しそうに話すんだよ。

ところが急に暗い声になって、『でも、会いに来てくれないの』って。

これまでとまるで違う、低くて暗い声で、『ヒロシの家、どこ?』と訊かれたよ。

どうやら、お前がすぐ近くにいるのは感じるんだけど、家がどこかわからないって言うんだ。だから教えてほしいって。

もちろん『知らない』と断ったけど、ミーコは『嘘つき!』って怒ってさ。

いくら電話を切っても、何度も何度もかけてきて、『教えろ、教えろ』って脅すみたいに言うもんだから、誰かのイタズラだとしても、怖いし我慢できなくて。

それに本当にミーコのなら、ちょっと不憫(ふびん)な気もしてきちゃって。

昨日の夜、とうとう教えちゃったんだ。ごめんな。

でも考えたら、幽霊じゃなくて、ただの危ない他人だったら事件になるだろ。

ヤバいと思って電話したんだけど、よかったよ、大丈夫そうな声が聞けて。

鈴木さんがここまで話したところで、宏志さんは「全然大丈夫じゃねえ！」と叫んで、これまでのことを鈴木さんに話した。

「お前が住所を教えたせいで、もう家の前にミーコが来てるんだよっ！」

「本当にごめん……。でもミーコの電話は無視しないで、呼ばれたら会いに行ったほうがいいんじゃないのか。そうしないと、次は家の中まで入って来ちゃうだろ」

「………」


もし彼女が自分の枕元に立ったら……と想像したら怖くなり、宏志さんは仕方なく非通知の着信拒否を解除した。

すると案の定、その日の夜、非通知から着信が入った。

恐るおそる電話に出ると、「ヒロシ」「アイニキテ」と言われる。

きっと彼女は、あの公衆電話で待っているのだろう。

携帯電話を片手に、近所の電話ボックスに入ると、再び着信が入った。

出ると美千子さんの嬉しそうな声が聞こえてきた。
……ヒロシ……ウレシイ……スグソバ……カンジル……
きっと今、自分には姿の見えないミーコの霊がまとわりついているんだ。
そう思うと総毛立つほど恐ろしくなったが、それでも宏志さんは、
「本当だ……ミーコを感じるよ。僕も嬉しい」
と懸命に返事をすると、「フフ……」と満足したように笑って電話が切れた。
こんなことが、毎晩のように続いた。
確かに家には来なくなったが、とてもではないが生きた心地がしない。
相談できる唯一の相手は鈴木さんなので、時々電話をかけて話を聞いてもらうように
なり、皮肉なものだが、そのおかげで二人の関係は段々と元に戻りつつあった。
「なあ、お祓いとかすれば、ミーコ消えるかな。あれって幾らくらいなんだろう」

「どうかなあ。もし失敗したら、お前どんな目に遭うかわからないぞ」

「それはまあ……確かに……」

「お前は家がバレちゃってるから、引っ越しするしかないかもね」

「いまバイトして貯めてるから、早めにここから出ていこうと思ってるんだ」


ある晩、電話をしながら二人でこんな会話をしていたのだが、話終えて携帯電話の通知を見ると、いつものアドレスからメールが届いている。

見たくないのだが、無視するのもまた怖い。

ドコニ　ニゲテモ　オイカケルヨ　ミーコ

そんなメッセージの下に、いつもの公衆電話からの写真が貼り付けてある。

まさか、鈴木との電話を聞かれていたのか。

よく考えたら、電話なんてどこにでもあるし、家の前にもやって来た。

公衆電話から逃げるだけでは、何の意味もないんじゃないか。

そう思い至った宏志さんは、この日を境に逃げることすら諦め、毎晩かかってくる着信に出ては電話ボックスへと足を運び、「僕も好きだよ」「僕も嬉しい」と言い続ける日々を送るようになった。

そんな生活を一年近く送り、宏志さんが大学二年生の夏休みを迎える頃、珍しく夜ではなく、昼間に非通知で着信があった。

とうとう昼にもかけてくるようになったのか……とうんざりして電話に出ると、相手は美千子さんではなく、高校時代のクラスメイトだった。

「元気にしてるか？　ヒロシは今度のお盆、里帰りする？
お盆休みに地元に帰ってくる奴多いから、同窓会をやることになったんだよ。
ほら、卒業文集に電話番号とメールアドレスを載せただろ。
一人ずつ電話も面倒くさいから、メールに同窓会の案内を送ったんだけど、ヒロシだけは『返信ください』って送っても反応ないからさ。電話しちゃったよ」

メールはあまり見たくないので、ろくに確認していなかったのだが、よく見ると美千子さんからの連絡に紛れて、同窓会の案内メールも届いていた。


「ごめんごめん、ちゃんと返事書くよ」

「頼むよ、幹事やるの大変なんだから」


その日の夜、宏志さんは早速、電話をくれた同級生へ返信を書くことにした。

幹事からの送信先には、クラスメイト十数人分のアドレスが並んでいる。

何人に案内を送っているのかな……と数えていたのだが、ふと、ひとつのアドレスに目が吸い寄せられた。

驚いて見比べてみると、思った通りまったく同じアドレスである。

それは、美千子さんからいつも送られてくる、例のメールのアドレスであった。

ただ、それはあり得ない。秋に亡くなった美千子さんの連絡先は、卒業文集に掲載されていないからだ。

本棚の奥から卒業文集を引っ張り出すと、連絡先一覧のページを開く。

するとそれは、鈴木さんのメールアドレスであることがわかった。

いったい、どういうことなのか。

真意を確かめるために、宏志さんは急いで鈴木さんに電話をかけた。

「今日、卒業文集を見て気づいたことがある。ミーコからだと思っていたメール、あれはお前が送ってきてたんだな。

考えたら、お前は昔から三人でいる時、よく動画を撮ってたよな。とくにミーコのことは、たくさん撮ってたはずだ。俺、そのこと気がついていたんだぞ。

ミーコからの電話、動画の音声を編集して、お前が作ったんだろ。そういえば、まるで機械音みたいな喋り方だったもんな。全部、お前の嫌がらせだったのか」

「……そうだよ。だって、お前がミーコのことを忘れて、バイト先で新しい女と付き合おうとしたりするから。わかってるのか、ミーコはお前のせいで死んだんだぞ」

そのことを言われると、宏志さんは返す言葉に詰まってしまう。

美千子さんが自殺したのは、宏志さんのしたことが大きいからだ。

あの夜、宏志さんは願掛けをする時、紙に自分の名前を書かなかった。

その代わり、その場に一緒にいた鈴木さんの名前を書いて、賽銭箱に入れたのだ。

願掛けを信じていたわけではない。でも、万一本当に願いが叶ってしまったら、受験がすべて失敗して上京することはできなくなり、美千子さんが願う通り一生地元から出られないのではないか。そんな恐怖が湧き上がってきた。

美千子さんとだって、卒業して上京したら別れるつもりでいる。いい子かもしれないけれど、東京に出て、新しい暮らし、新しい恋愛をしてみたい。

それに宏志さんは知っていた。鈴木さんが美千子さんのことを、昔からずっと好きでいることを。「あんなに可愛い彼女だったら、俺は一生地元でもいいけどな」そんなことを言われたこともある。

それなら、鈴木さんの名前を書いて、二人が結ばれればいいじゃないか。

本当に願いが叶うとは思わなかったからこそ、軽い気持ちでそう思った宏志さんは、自分の名前ではなく、鈴木さんの名前を書いて、願掛けをしてしまった。

そして号泣する美千子さんを家に送る時、宏志さんはこっそり囁かれたのだ。

「鈴木くんの名前を書いたの……?」と。

あの夜の帰り道、美千子さんは「ヒロシと二人で話したい」と言って、電話で何を言われたのかを宏志さんに伝えた。

美千子さんが言うには、電話を取ると、幼い男の子声が聞こえてきたそうだ。

「願いは叶う。●●美千子と、鈴木●●は、ずっと一緒だよ」

その言葉を聞いた瞬間、美千子さんは宏志さんが何をしたのかを悟ってしまった。

それと同時に、自分が願掛けをやりたがったせいで、望まない願いが成就して、もう宏志さんとは一緒にいられないこともわかってしまった。

大好きな人のお嫁さんになって、ずっと一緒にいたい。

その願いが潰(つい)えたことに、美千子さんは深いショックを受けていた。

翌日、美千子さんが自殺したことを知って、宏志さんは罪悪感に苛(さいな)まれた。

そして、自分がしたことを鈴木さんに告白してしまった。

鈴木さんは、「なんてことをしたんだ……」と絶句したが、それでも宏志さんを責めることはしなかった。ただ、二人の友情はそこで終わってしまった。

「俺はミーコのことが大好きだった。でも、お前と幸せになるならそれでいいって思っていたんだ。

それなのにお前が！　お前のせいでミーコは死んだんだぞ。

上京したお前がどうしているのかを確かめに行ったら、お前はミーコのことを忘れて、バイト先の女とデートなんかしてやがった。許せないと思ったよ。

だから、ミーコの声を使って電話をかけたり、メールを送ってやったんだ。非通知設定で電話してから公衆電話の写真を送ったら、すっかり騙(だま)されやがって。

いつもお前が公衆電話に入って震えている時、遠くから電話をかけて、ざまあみろって思いながら、お前のことを眺めてたんだよ。どうだ、怖かったか？」

「信じられない……なんてことするんだよ」

「俺はお前がミーコを忘れるなんて、絶対に許さないからな。これからもずっと、同じことをやり続けてやる」

鈴木さんはそう言って、アハハハハ、と笑いながら電話を切った。

＊　＊　＊　＊

「……という話なんですけど、どうですか夜馬裕さん」

「いや……めちゃくちゃ怖いですね。鈴木さんの嫌がらせ、今は大丈夫なんですか？」

「あいつ、未だに同じことやり続けてるんですよ。信じられないですよね」

「それで、宏志さんはどうされているんです？」

「何となく電話に出ないのも気持ち悪いんで、いつも出てやってます。それに、公衆電話までわざわざ行ってあげるんですよ。まあ、鈴木の嫌がらせだってわかってるんで、全然怖くないんですけどね」

こう語り終えると、宏志さんの長い取材が終わった。

私は何とも言えない気持ちのまま、お礼を伝えて宏志さんと別れた。

その晩、宏志さんを紹介してくれた、知り合いの庄田さんから電話があった。

「どうでした？　ヒロシくんの話」

「いや……事前に聞いていた通り、かなりびっくりしました。彼、大丈夫ですか？」

「死んだ恋人の電話に出るのが習慣になっているだけで、無事に大学も卒業したし、あれでいい会社に就職しましたからね。ちゃんと社会人もやってますよ。だから精神疾患とかじゃないと思うんですよね」


島田さんは私の仕事先の知人であると同時に、宏志さんの高校の同級生でもある。宏志さんに同窓会の連絡を送った幹事が、この庄田さんなのだ。

島田さんは、同窓会に出席した宏志さんから、みんなが酔い潰れた三次会の席で、先述の話を聞かされた。その時は、酔っておかしくなっているんだろう、くらいにしか思わなかったが、翌日になり酒が抜けると、宏志さんの話が気になって仕方ない。

その日の夜、「もう一度聞かせてくれ」と宏志さんを食事に誘い、改めて詳しい話を聞かせてもらったのだという。

「ヒロシが鈴木の話をするのを聞いて、もうゾッとしちゃいましたよ。

だって同窓会の連絡メールを送ったら、鈴木のアドレスから母親名義で連絡がきて、『息子は五月に亡くなりました』と返信があったんです。

確かめてみたら、どうやら鈴木は、上京後すぐに急死したらしくて……。

死因はわからないけど、地元でも知っている奴は少なかったし、葬儀の連絡も回ってこなかったんで、たぶん自殺じゃないかな……って思ってます」

願掛けをして、「ずっと一緒」と言われた美千子さんと鈴木さんが亡くなった。

そして、二人から宏志さんのところに電話がかかってくるようになった。

社会人になった今でも、宏志さんは同じ安アパートに住んだまま、毎晩電話に出て、公衆電話へ足を運んでいる。全部、鈴木さんの嫌がらせだと言いながら。

庄田さんは、宏志さんから詳しい話を聞いた時、きちんと鈴木さんが亡くなっていることを伝えている。

でも宏志さんは、なぜかその話が耳に入らないかのように聞き入れず、未だに鈴木さんが生きていているように話し続けて、「あいつの嫌がらせ、どうすればいいだろう」と真剣な表情で相談されたそうである。

「いやあ、こっちこそ聞きたいんですけど、あいつ本当に大丈夫だと思いますか？」

心配そうな庄田さんの質問に、私は何も答えることができなかった。

陰摩羅鬼（おんもらき）の蒼い爪

亮馬（りょうま）さんは、五代も続く医者の家系に生まれた。

外科医だった父親は、地元で唯一の総合病院に勤務しており、亮馬さんが小学生の頃から、同級生の親や親戚に「先生の手術で助けてもらった」と感謝の言葉をかけられることも多く、そんな父親を尊敬すると共に、自身もまた医師になるのだろうと当たり前のように考えていた。

ところが父親は、「将来の夢は、お父さんみたいなお医者さん」と語る息子の姿になぜか喜ぶそぶりも見せず、「もっと自由に、自分の好きな道を選べ」としか言わない。

そんな父親の態度が不思議ではあったが、母親からは「お父さんは照れてるだけよ」「貴方はおじいちゃんやお父さんみたいなお医者さんになってね」と言われ続けたので、小学校を卒業する頃には、「医者になる」以外の将来を想像することはなかった。

さて、亮馬さんが育った家は、曾祖父の代から居住する古い平屋の日本家屋で、彼が小学生の頃ですでに築七十年を超えていた。

ただ、定期的に改築や修繕を加えているので住み心地は良く、庭には立派な松の木や、鯉の泳ぐ池があり、金木犀（きんもくせい）の生け垣が周囲を囲っていた。

訪れた同級生たちが、庭師に手入れされた立派な庭や、十二部屋もある大きなお屋敷を見て驚嘆の声を上げるたびに、これも自分の一族が医師として人の役に立ってきたからこそできる生活なのだと思い、亮馬さんはいつも誇らしい気持ちになっていた。

子どものすることには両親共に鷹揚（おうよう）だったおかげで、亮馬さんや友だちが、壁と襖に仕切られ迷路のようになった家の中を走り回って遊んでも、危ないことをしない限り怒られることはなかった。

とはいえ、遊びで入ってはいけない場所もあり、それは刃物や火がある台所と、両親の寝室、そして家の奥にある施錠された小部屋であった。

台所と寝室は、入ってはいけない理由が子どもにでもわかる。ただ奥の小部屋だけは、どうして立入禁止なのかがよくわからない。父親以外、部屋に入ってはいけないのだが、その理由を尋ねても、父親は「いずれお前には説明する」と暗い表情で言うばかりで、母親からは「この家に嫁いで来た時から、あの部屋に入っていいのは、おじいちゃんとお父さんだけだったの。一度頼んで見せてもらったけど、あなたより五代前のひいひいひいおじいちゃんが描いた、変なお化けの絵があるだけよ」と説明された。

実際のところ、奥の小部屋は室内にも拘らず、閂（かんぬき）と南京錠で施錠されており、鍵は父親が手元で厳重に管理していた。

平素は息子に対してにこやかな父親が、小部屋のことを訊かれた時だけは険しい表情になるのが怖くて、小学生の亮馬さんは小部屋が存在しないかのように過ごしていたのだが、やがて中学生にもなると、親に怒られるよりも好奇心のほうが勝ってしまい、どうしても父親が隠している小部屋の中を覗（のぞ）きたくなってしまった。

幸いと言うべきか、南京錠はダイヤル式ではなく、素人でも開けやすいシリンダー式だった。そこで亮馬さんは雑誌で読んだ「万一の際の鍵の開け方」という記事を元に、穴にうまく入る同じ太さの針金を二本用意し、うち一本を直角に折り曲げて開錠する方向へ押して、もう一本でシリンダー内のピンを動かしていくという方法を、親の目を盗みながら何度も試し、とうとう小部屋の鍵を開けることに成功した。

軋(きし)む閂をそうっと外し、静かに戸を押し開けると、そこは壁も床も板張りされた、四畳半ほどの小部屋であった。

入口以外は壁で囲まれているが、庭に通じる細い通気管が設けられているので、閉め切っていても黴(かび)臭さはない。室内には埃ひとつないので、おそらく父親が定期的に掃除をしているのだろう。祭壇や蝋燭(ろうそく)が設けられ、古文書などが積み上がっているような、おどろおどろしい部屋を想像していたので、亮馬さんは拍子抜けしてしまった。

部屋の中はがらんとしており、小さな床の間に飾られた一幅の掛け軸がある以外、他には何も置かれていない。

母親から「お化けの絵の掛け軸」と聞かされていたので、柳の下に黒髪の女といった幽霊画を想像していたのだが、描かれているのは、口から火を噴く、老人のような顔をした鳥の姿の物の怪(け)であった。

老人のような顔は口元だけ鳥の嘴(くちばし)のように伸びており、頭頂部は禿げているものの、後頭部には炎のように逆立つ毛が生えている。頸から下は羽毛に覆われており、鋭く尖った爪や大きな羽は、鷲や鷹のような猛禽類の姿そのものだ。そして口からは、青白い炎のようなものが、斜め下方向に吹き出していた。

母親によれば、五代前の当主が百年以上前に描いたものだというが、墨らしきもので書かれたその姿は、まったく色褪せておらず、今にも動き出しそうな生々しさがある。日光に晒すことなく大切に保存してきたのだろうが、それにしても驚異的な鮮やかさで、口から吹く青白い炎など、部分的に彩色までされていた。

横幅五十センチ、縦幅一八〇センチほどある大きな掛け軸には、この奇妙な姿の物怪しか描かれておらず、背景などは一切ない。何のために描かれたのか、なぜこの掛け軸をとりわけ大切に保管しているのか、いくら眺めてもまったく理解できなかった。

好奇心を満たすどころか、亮馬さんの中で謎はますます深まってしまったが、この話を友人に聞かせるついでに、絵を思い出しながらノートに描いて見せたところ、オカルト好きの友人から、「それは『おんもらき』という妖怪ではないか」と指摘された。

図書館で妖怪にまつわる本を探してみると、まさに友人の言った通りで、江戸中期に活躍した浮世絵師、鳥山石燕の妖怪画集『今昔画図続百鬼』に描かれている「陰摩羅鬼」

という妖怪の姿が、掛け軸の絵と瓜二つであった。おそらく五代前の当主は、鳥山石燕の陰摩羅鬼を真似て描いたに違いない。

この陰摩羅鬼という妖怪は、中国や日本の古い書物にも登場する物の怪で、中国の古書『清尊録』からの引用によれば、「姿は鶴のようで、体色が黒く、眼光は灯火のようで、羽を震わせて甲高く鳴く」とされている。

経典『大蔵経』によれば「新しい屍の気が陰摩羅鬼になる」とされており、どうやら充分な供養を受けていない、新鮮な人の死体から出た気が、怪鳥の姿をとって現れたものが陰摩羅鬼という妖怪であるらしい。

陰摩羅鬼の名の由来は諸説あり、仏教で悟りを妨げる魔物の「摩羅（魔羅）」に「陰」や「鬼」の字をつけることで、鬼あるいは魔物であることを強調した名称であるという説や、障害を意味する「陰摩」と「羅刹鬼」が混じり合ったという説などあるが、何にせよ禍々しいことに変わりはなく、人の命と健康を預かる医師の家系で、代々の家宝にするような縁起物とは思えなかった。

ただ、「きちんと弔われず、成仏できない魂が、邪悪な姿となって現れる」ため、読経を怠る僧侶への戒めとして語られていた側面があったと知り、亮馬さんは「人の命を預かる医師という職業として、自戒の念をもって陰摩羅鬼の絵を祀ってきたのではないか」と前向きに解釈し、当時はそれ以上、深く考えることをしなかった。

一度コツをつかむと、簡単に南京錠を開けられるようになったので、亮馬さんは時折小部屋に忍び込んでは、陰摩羅鬼の掛け軸を眺めるようになった。

とはいえ、決して絵の魅力の虜になった訳ではない。むしろ、生々しい不気味さに慣れることができず、何度見ても厭な気持ちにさせられる。

それでも繰り返し見てしまうのは、絵が微妙に変化しているように思えるからだ。

だんだんと、羽毛に立体感が出てきているような。

薄墨だったはずの細い線が、黒く濃く太い輪郭になっているような。

彩色の施されている箇所が、徐々に、徐々に増えてきているような。

気のせいだと自分に言い聞かせてはみるものの、見るたびに、絵が以前よりも生々しくなり、鮮やかな存在感を放っているように思えて仕方ないのだ。

亮馬さんは中学校を卒業するまで、父親の目を盗んでは小部屋に忍び入り、陰摩羅鬼の掛け軸が僅かに変化していく様を追い続けた。


事態が急変したのは、亮馬さんが県内一の進学校へ入学し、高校生になった春のこと。

ある日突然、何の前触れもなく、父親が「もう医者を辞める」と言い出した。

当然、母親は猛反対したが、父親は勤めていた総合病院を退職すると、開業するわけでも再就職するわけでもなく、ただひたすら家に居て、昼は庭いじり、夜は何時間も掛け軸の小部屋に閉じ籠るという生活をするようになった。

母親や亮馬さんが理由を訊いても、父親は何ひとつ語ろうとしない。それればかりか、笑顔をほとんど見せなくなり、家族と会話をしようとしなくなった。

心配した母親が精神科の受診を勧めても、「医者は役に立たん」「放っておいてくれ」と投げ遣りに言うばかり。

それなりの貯蓄があったので、すぐに生活に困るようなことはなかったが、父親の身勝手な態度に嫌気が差した母親は、大喧嘩の末、代々議員を輩出しているという、やはり資産家の実家へと帰ってしまった。

高校への通学を考えて母親には付いて行かなかった亮馬さんが、高校二年生の夏を迎える頃、子どもには何の相談もないまま、両親が離婚したことを知らされた。

お嬢様育ちの母親は、第二の人生を優雅に過ごしたかったのだろう、離婚に伴い親権を放棄して、市会議員である実父の秘書として新たな人生を送るという。そのため亮馬さんは、すっかり様子のおかしくなった父親と二人暮らしを続けざるを得なくなった。

とはいえ、父親の雇った家政婦が家事の大半をやってくれたので、生活面で困ることはなかったのだが、将来の進路については、なぜか医者をめざすことを猛反対され、父親からは「医学部に進学するなら、学費は一切支払わない」とまで言われてしまった。

ただ、その理由を尋ねると、父親は決まって口を閉ざしてしまう。

そして口をへの字にぎゅっと結んで目を瞑(つむ)り、今にも泣き出しそうな顔をするので、それ以上はどうしても食い下がることができなかった。

実際、父親の泣き声が、奥の小部屋から聞こえてくることもあった。

閉めた戸の向こうから、「申し訳ありません」「お赦しください」と何度も謝りつつ、時に激しく嗚咽し、時には静かに啜り泣く父親の声が漏れ聞こえてくる。

そんな時、亮馬さんはどうにもやるせない気持ちになるのだが、それでも戸を開けて父親に声をかけようとは思わなかった。

というのも、亮馬さんは心底恐ろしかったのだ。

掛け軸に過ぎない陰摩羅鬼の、しかし、今にも飛び立ちそうな色鮮やかさが。

そして何より、妖鳥の足元で艶やかに光る、鋭く尖った青い爪が。

父親が病院を辞め、日没後の大半を小部屋で過ごすようになってから、亮馬さんは何が起きているのか確かめようと思い、一度、部屋へ忍び込んだことがある。

室内の様子は、新たに座布団が置かれているほかは以前と同じ様子だったが、ただ掛け軸に描かれた陰摩羅鬼の絵は、今や瑞々しいまでの精彩を放っており、気のせいではないと断言できるほど、新たな彩色が加えられていた。

果たしてこれは、父親が描き足したのか。

しかし家には絵具の類などないはずであり、しかも施された彩色は、到底素人のものとは思えない出来映えで、本物の絵師が描いたような、周囲との調和と深みを感じさせる色づかいである。

くすんだ薄茶の両羽は、なぜか濃い栗色へと変化しており、無色だったはずの足元の鋭い爪は、「屍の気から生まれた」という逸話を思い起させるほど、まるで死者のように蒼白い光沢を放っていた。

妖鳥がひとたび動き出せば、きっとこの爪で引き裂かれる――。

なぜか直感的にそう感じた亮馬さんは、小さな悲鳴を上げて部屋を飛び出ると、それ以来、掛け軸を見るのが怖くなってしまった。

高校三年生になった亮馬さんは、頑なに嫌がる父親の説得を諦め、奨学金を借りてでも医学部の受験をすることに決めた。

勉強を懸命に頑張って見事に国立大学の医学部に合格し、申請した奨学金で大学に通う息子の姿を見て、父親はとうとう諦めたようで、「残りの学費は出してやるから、せめて外科ではなく内科医になってくれ」と懇願してきた。

なぜかを問うても、父親はやはり理由を言わなかったが、勉強には自信があっても、手先の器用さにはあまり自信のなかった亮馬さんは、素直に父親の提案を受け入れ、父親のような外科ではなく内科の医師をめざすことに決めた。

医師になった人間のうち、医学部に現役合格しているのは全体の三十数パーセント、さらに留年せず六年で卒業できるのは八五パーセント前後。医学部は六年制なので最短の卒業は二四歳だが、それを実現できるのは全医学生の三割を切るという狭き門だ。

そして卒後の二年間は、研修医として各科をローテーションしながら臨床研修を受ける必要があるため、一八歳で入学した学生が、最短ルートで医師になるのは二六歳。専門医の資格取得をめざすには、さらに三～五年の研修プログラムが必要となる。

秀才の集まる医学部でもとりわけ優秀だった亮馬さんは、すべてを最短でこなしながら担当教授の推薦を得て大学病院に就職したが、そんな亮馬さんですら、ようやく自分が一人前の医師になれたと思う頃には、もう三十歳になろうとしていた。

実家はとうに出て一人暮らしをしていたので、父親には年に一回会うかどうか。今やその程度の交流しかない父親だったが、亮馬さんが三十歳を迎えてすぐに連絡があり、「末期癌になって、余命は半年もない」と知らされた。


一年半ぶりに病院のベッドで再会した父親は、かつての精悍さは見る影もなく、すっかり痩せ細って、頬骨や肋骨が皮膚に浮かび上がってしまっている。

医師になることをあれだけ反対していた父親だが、それでも立派になった息子を見るのは嬉しいようで、「お前は父さんと違って、本当に優秀で頑張り屋だなあ」と目を細めて喜んでくれた。

父親との面会の大半は、相続のことなど実務的なことが多かったが、その際に二つのことを頼まれた。

ひとつは、実家の家屋と土地の処分。曾祖父の頃から三代に亘って暮らしてきたが、離れた場所の大学病院に勤務する亮馬さんが戻って来ることはないだろう。家財道具含めて好きに処分して構わない、というもの。

もうひとつは、小部屋にある掛け軸だけは処分せず、大切に保管してほしい。決して捨てたり、破いたり、粗雑に扱わないでほしい、というものであった。

この期に及んでもまだ父親が掛け軸の話をするので、さすがにうんざりした亮馬さんは、「そんなに大切なら、父さんの棺に入れて一緒に焼いてあげるよ」と呆れながら返事をすると、父親は血相を変えて、「やめろッ！　それだけはやめてくれッ！」と掠れ声を振り絞って悲鳴に近い叫びをあげた。

あまりの反応に驚きつつも、亮馬さんが「なあ……あの掛け軸って何なんだ。実は何度かこっそり部屋に入って見たことがある。どんどん鮮やかになって色が付いて……」そう話すと、父親は「そうか……絵のこと、気づいていたのか……」と暫く俯いた後、「わかった。最後の機会だ。恥を忍んでお前に話そう」と語りはじめた。

あの掛け軸は、お前からみて五代前のご先祖様が描いた絵だと云われている。

我が家はずっと医者の家系で、当時の当主も父さんと同じ外科医だったらしい。

医者になったお前なら、医療事故がどれだけ日常茶飯事のことかわかるだろう。

外科医だった父さんは、指導教授に「何人か死なせて、初めて一人前の腕になる」なんて当たり前のように言われたくらいだ。

人間なら誰でもやるような小さな判断ミス、勘違い、見落としで、人の命は簡単に失われてしまう。医者って本当に怖い仕事だよ。

まして五代前の当主が医者をしていた明治時代初期なんて、ようやく西洋医学が浸透しはじめた医療の黎明期(れいめいき)だ。医療過誤や事故なんて山ほどあったに違いない。

当時の当主は、何か大きな失敗をして、何人も死なせてしまったらしい。

相手が恨み深かったのか、よほど酷いことをしてしまったのか。

毎晩枕元に、当主のせいで死んだ者たちが立つようになったというんだ。

医者をしていたので、金と人脈はあったんだろう、供養だお祓いだとずいぶんと手を尽くしたみたいだけれど、それでも怨霊を鎮めることができない。

非常に法力のある修験者に勧められ、最後に選んだのが、成仏させたり、祓ったりではなく、「絵の中に閉じ込めて封じる」という方法だった。

霊力を込めた掛け軸に、当主自らの手で妖魔の絵を描き、その間に修験者が幾重にも術式を施して、描かれていく絵の中に怨霊を封じていく、というものだったらしい。

人ではなく妖魔の絵にしたのは、修験者が勧めたからのようで、「人型であれば恨み深くなると、姿形を得て容易に絵から抜け出す。人ならざる物であれば、異形となり永らく絵に封じることができる」と言われ、偶々持っていた妖怪画集を元にして、死者の気から創られる妖怪が丁度良いのではないかと思い至り、「陰摩羅鬼」を選んで描いたといういきさつを、まあ本当かどうかは別にして、じいちゃんからはそう聞かされた。

でも今から思えば、ご先祖様は、この修験者に騙されたんじゃないか。

もしかすると、この修験者こそが、恨みを持っていた黒幕だったんじゃないか。

父さんは、そんな風にも思っているんだ。

確かに、枕元に立つ者はいなくなった。

でもそれからは、当主が医療過誤や事故を起こす度に、掛け軸の絵が少しずつ変わりはじめたんだよ。

素人が模写した陰摩羅鬼の絵が、だんだんと、禍々しく生々しい妖鳥になっていく。

五代前の当主は、やがて血肉を得た陰摩羅鬼が、その鋭い爪で自分を引き裂く妄想に苛まれて、自ら命を絶ってしまったと云われている。

そして陰摩羅鬼の掛け軸は、やはり医者になった息子に引き継がれた。

最初は父の妄念だろうと思っていた息子も、自分が医療で失敗をするたびに、掛け軸の絵が濃くなるのを見て、すっかり怖くなり、外科医をやめて研究に没頭したそうだ。

こうして掛け軸は、代々、うちの家系に継がれていくことになった。

お前の曾祖父は、父親が怖がる姿を見て、内科医になったそうだ。手術さえなければ大丈夫だろうと踏んだらしいが、何度か人の命に関わるミスをして、ついには掛け軸に色が付いてしまったそうだ。

その点、父さんの父親、お前のじいちゃんは豪胆でね。失敗しなければ構わないと強気に出て、外科医の道を堂々と選んだ。

実際、じいちゃんは腕が良くてね。たくさん人の命を救う反面、ほんど失敗をしなかったんだろう、掛け軸の絵は気のせいで済ませることができるくらい、ほんの少ししか変化しなかった。

でも、そんなじいちゃんをお手本にしたのが間違いだった。

父さんはじいちゃんみたいに手先が器用でもなければ、お前みたいな秀才でもない、ただひたすら医者の血筋に恥じないよう、努力だけで医者になった父さんは、親の真似をして外科医になったものの、とにかく失敗ばかりでね。

怖くてずっと見ないようにしていたけど、ある日掛け軸を確認したら、気のせいでは済まされないほど、今にも絵から飛び出してきそうなくらい鮮やかになっていてね。

五代前に封じた恨みだけじゃない。その後何代にも渡る医療過誤や医療事故、その多くの恨みつらみを吸い取って、すっかり化け物に育った妖鳥が絵から飛び出してきたら、自分はどんな目に遭わされるのかと、想像するだけで震えてしまったよ。

それからは、何かやらかしてしまうたびに、びくびくしながら絵の様子を確認しては、まだ大丈夫そうだ、と胸を撫で下ろすことを繰り返していた。

でもな、本当はさっさと医者なんて辞めておけばよかったんだ。

これだけは墓場まで持っていくつもりなので、詳しい話をお前にも言うつもりはないが、父さんは外科医としてやってはならない失敗をしてしまった。病院は父さんをかばってくれたから、事件にすらならなかったけれど、掛け軸の絵は素直だったよ。

見たことがあるなら、お前もわかるだろう。

今にも絵から飛び出して来そうな陰摩羅鬼を見て、父さんは心底恐ろしくなった。

あと一回、何か大きな失敗をするだけで、あの絵は間違いなく完成する。

絵に封じられていたモノが、恐ろしい化け物の姿になって飛び出してくる。

そう確信した父さんは、病院を辞めて、掛け軸に赦しを請い続けた。

でも、いくら謝っても、毎晩赦しを願っても、絵は禍々しいままだった。

だから父さんは思ったんだ。修験者はきっと、先祖自らの手で描かせた絵の中に、彼自身の罪を刻んで、それが子々孫々に至る呪いとして、いつまでも続くよう願ったんじゃないかと。

父さんは今日に至るまで、自分がやったことの後悔の念に苛まれて生きてきた。最後はこうして病魔に蝕まれて、苦しみながら朽ちるのも悪くない気分だ。

だから父さんは、死ぬのは怖くない。

でもな、あの掛け軸の絵だけは、とにかく怖い。

昔は自分が、あの絵に襲われるのが怖かった。

だけど今は、いくら止めても医者の道を選んだお前が、いつの日か一族の罪すべてを被って、あの絵に命を奪われるんじゃないかと、そのほうが何より恐ろしいんだ。

幸いお前は、人より抜きんでて頭がいい。だから現場へ出るのはそこそこに、後は研究者として身を立ててくれ。

いいか、よく覚えておくんだ。

父さんにはわかる。あの絵が完成するのに必要なのは、あと数回の失敗だ。

もし人の命にかかわる大きな失敗をやらかしたら、一度で終わりだと思っておけ。

父親から語られた一族の罪と絵の由来に、亮馬さんは絶句してしまった。

その日は「わかった」としか言えず病室を後にしたが、それから二週間後に父親は容体が急変して亡くなってしまい、これが父子で交わした最後の会話となった。

亮馬さんは実家の土地や建物は、売却して処分した。

その後、医師として活躍した亮馬さんだが、父親の遺言を守って陰摩羅鬼の掛け軸は大切に扱い、畏怖の念をもって自宅の書斎に飾り続けているという。

さて、実は私がこの話を亮馬さんから聞かされたのは、怪談の取材としてではなく、著者と編集者という立場で、共に仕事をしていた時のことであった。

当時、私は医学書を扱う出版社で編集の仕事に就いており、亮馬さんはある分野において優秀な成果を挙げている医師であった。原稿の執筆を依頼した縁で、何度か食事をご一緒したのだが、その際に私が「怖い話を集めている」と告白すると、亮馬さんもまた「実はうちの家に……」と、陰摩羅鬼の掛け軸の話を聞かせてくれた次第である。

怪談としても凄い話であるが、何より、家族の恥を晒す赤裸々な話でもある。

普段は酒を飲まない亮馬さんが、出版記念だからと、日本酒を何杯も飲んでしまったが故に、思わず喋ってしまったのだろう。

後日顔を合わせても、この話をすることは二度となかったが、あの夜、最後に亮馬さんが言ったことは、今でも忘れることができない。

「でもね、今は僕も父の気持ちがわかるんです。これは一族の運命なのか、呪いなのかわかりませんが、僕の息子もまた、医者になりました。

しかも『俺は父さんみたいに研究して論文を書いて出世するのは嫌だ、外科医になって華々しい実績を出して世に認められたい』なんて言うんですよ。

息子に掛け軸の話をしても、私が頑張ったせいで、絵がほとんど変わっていないので、まるで信じてくれませんでした。

息子の代にまで、一族の呪いだの、しがらみだの、残したくないんです。

もう潮時だと思って、私の代ですべて引き受けて、終わりにしたいんですけどね。でも絵を完成させるには、あと一回、わざと大きな失敗をしなくちゃいけない。うちの一族の罪の清算をするために、最後に誰か巻き添えにするというのも、これまた酷い話になっちゃいますよねえ……」


そう語っていた亮馬さんは、この話をしてから二年後に亡くなった。

病院の関係者に聞いてみたが、誰も死因を知らされていない。

自殺ではなかったようなのだが、葬儀はなぜか近親者だけで執り行われた。

後日、有志の医師仲間が「偲(しの)ぶ会」を開催したので、私をはじめ仕事で付き合いのあった者は皆そちらに参加したのだが、精進落としの会席で、「近親者だけで密葬した背景には、葬儀の際に棺の蓋が開けられないほど、惨たらしい亡くなり方をしたせいだ」という噂を耳にした。

亮馬さんの息子さんは、現在、外科医として活躍なさっている。

その背景に、巻き添えになった命などないと、私は信じたい気持ちである。

黄泉路の秘祭

「一緒に、黄泉の国へ探しに行きませんか」

取材先の喫茶店で、私の目を真っ直ぐ見つめてそう言ったのは、香織(かおり)さんという二十代半ばの女性。

四年前、兄の誠也(せいや)さんが突然姿を消してしまった。

以来、まったく行方が知れないのだという。

お調子者で、周囲の注目を集めるために、つい余計なことをやりたがる。

人懐こくてみんなに好かれるが、守れない口約束でたまに人を怒らせる。

そんな誠也さんは、質実剛健を旨とする父親とは反りが合わなかったので、大学進学を機に家を出て寄り付かなくなってしまったが、香織さんは明るく朗らかな兄のことが好きで、少しいい加減なところもチャームポイントにしか思えなかった。

「卒業して、就職して、結婚して主婦になるような、ありきたりの生き方をしたくない。女優とか、モデルとか、インフルエンサーとか、注目される人生を送りたい」

高校生の時、そう将来の夢を語った香織さんのことを、「馬鹿者が。普通の人生が嫌なんて台詞は、まず人並みのことをやってから言え」と父親が叱った時も、兄の誠也さんは「好きなことをすればいいんだよ。楽しく生きていこう！」と励ましてくれた。

「優しかった母は、私が五歳の時、父と離婚をして家を出て行きました。それからは、生真面目で頭の堅い父に厳しく躾けられる生活で、本当に息が詰まりそうでした。

でもお兄ちゃんは嫌いな仕事なんてすぐ辞めて、あちこちを転々としながら、縛られずに自由に生きていたので、私は兄の暮らしが羨(うらや)ましくて仕方ありませんでした」

そんな香織さんは、専門学校を卒業すると、アパレル関連の企業に就職。ショップの販売員をしながら、長年の夢である女優をめざすことにした。

ところが女優の夢を語った時も、兄の誠也さんは「願えばきっと叶う」と応援してくれたのだが、父親からは「お前は容姿も愛嬌も至って普通だ。特別扱いされたいなどと生意気を言う前に、まずは実家を出て自立した生活をしろ」と叱られてしまった。

俳優コースのレッスンを受け、美容や服飾も自分への投資と考えていた香織さんは、少しでも節約するために実家暮らしを続けていたが、「くだらない夢を追いかけず、地に足の着いた暮らしをしろ」と言う父親とはいつも喧嘩になってしまい、社会人三年目になって、ようやく引っ越し代を貯めて一人暮らしをはじめてからは、実家に戻ることもなく、父親とはほぼ絶縁状態になってしまった。

「幼い頃に母から捨てられ、娘の生き方を応援しない父と絶縁して、私の家族はもう、いつでも全肯定してくれる、いい加減だけど優しいお兄ちゃんだけだったんです」

ところがその兄とも、四年前の秋から、ふっつりと連絡が途絶えてしまった。

香織さんは日に一度は誠也さんと連絡を取り合っていたのだが、ある日を境に、突然返信が来なくなってしまった。

自由人の誠也さんは、知らないうちに旅に出ていたりするので、香織さんも最初こそ心配しなかったが、ひと月近く連絡がつかないとさすがに不安になり、当時兄がアルバイトをしていた飲食店に電話をしてみると、急に無断欠勤して店に来なくなり、そのまま半月以上経ったので、もう店としては誠也さんを退職の扱いにしている、と言われてしまった。

兄の住むマンションの部屋を訪ねたが、インターホンをいくら鳴らしても出て来ない。事情を多少大げさに話して、管理人立ち合いのもと玄関を開けてもらったが、室内には誰もおらず、冷蔵庫の中身はどれも古くなっており、ここしばらく部屋に戻っていないことがわかった。

毎日連絡を取り合う仲の良い兄妹ではあったが、香織さんは兄の交遊関係を深く知っているわけではなかった。

恋人が居るとは聞いていたが、わかるのは「ミサト」という名前だけ。

知り合いに聞いて回るなど、香織さんなりに手を尽くしてはみたものの、数か月経っても誠也さんの行方は杳（よう）として知れなかった。

もちろん警察にも届けは出したが、事件性がない以上、成人男性の行先がわからないだけでは捜索できないし、家出人みたいなものなので、しばらくしたらまた連絡がつくと思いますよ、と冷たくあしらわれてしまった。

それでも香織さんは、兄を探すことを諦めなかった。昼の仕事と掛け持ちして、夜の街で水商売もやりながら、半年以上かけてお金を貯めると、興信所に兄の捜索を依頼した。

ところが、プロに依頼したにも拘らず、誠也さんの行方は判明しなかった。調査の結果、銀行口座やカードは一切使用しておらず、宿泊、レンタカー、インターネットの購入など、経済活動の履歴がまったくない。そして、友人知人を当たっても、最近誠也さんと会った人物は誰一人見つからなかった。

ただ、失踪当時、誠也さんと交際していた女性は見つけ出しており、元恋人の実里（みさと）さんから聞いた話によると、一緒に山登りをしている時、誠也さんが突然姿を消して行方知れずになったという。

実里さんは、その時点で警察に届けたと主張しているが、香織さんが捜索願いを出した際には、誠也さんに該当する人物や事件はないと言われているので、その話を鵜呑みにすることは到底できない。

香織さんは詳細を問い質したが、どうにも調査員の歯切れが悪い。

「遭難なのか、事件なのか、失踪なのか……」とはっきりしない物言いで、最終的には「元交際相手の方から、直接お話を聞いたほうがいいかと思います。連絡先を伝えても良いと、先方の了承は得ていますので」と言われてしまった。

そこで香織さんは、兄の元恋人である実里さんへと連絡をとり、都内の某喫茶店で待ち合わせると、詳しい話を聞かせてもらうことにした。

＊　＊　＊　＊　＊

へえ……。誠也から女優志望って聞いていたから、もっと派手な感じを想像してたんだけど、なんていうの、地味っていうか、おとなしめの雰囲気だね。

いやまあ、余計なお世話だよね。別にいいんだけど。

私はどう？　印象通り？

……ああ、なるほど。誠也はあんまり私のこと話さなかったのか。

大好きなお兄ちゃんの彼女は、もっと清楚で綺麗めが良かった?

いやわかるって。そういう顔してるもん。あなた、わりと感情が表に出る子だね。

誠也と付き合ってた頃はメーカーの事務職だったから、こんなに派手じゃなかったんだけど……まあいろいろあって、今は在宅で編集とかライターの仕事をしているから、洋服くらい好きな物を着たいっていうか。

といっても、着られる服も種類も、限られてるんだけどね。

それもこれも、ぜーんぶあいつのせい。

でも興信所使って探すところをみると、あんな奴でも、妹から見れば、いいお兄ちゃんだったのかもしれないね。

幻滅させて悪いけど、誠也はかなりのダメ男だったよ。

ノリが良くて、愛想が良くて、調子も良くて。人たらしっていうのかな。私もそうだけど、みんな誠也の軽さが、最初は心地良く感じるわけ。

だけど本当に軽薄な奴だから、たくさん不義理をして、いろんな人を怒らせて、結局はすべての人間関係がダメになる。

私も誠也に頼まれて、何度もお金を貸しちゃった。

合計したら、三十万円は貸してると思う。どうせ返ってこないだろうって、最初から薄々わかっていたけどね。

口では恰好いいことたくさん言うんだけど、真剣さも真面目さもないから、なんにもできないし、続けられない。ケチで、ズルくて、不誠実な根性なし。

付き合って半年で、もう別れようって思ってた。

でも、当時は仕事が相当キツくてさ。軽薄さの裏返しなのはわかってるけど、私の言うことを何でも「うんうん」ってすべて肯定して聞いてくれる。それが心地よくて、ズルズルと一年以上付き合っちゃった。

妹なら知ってるだろうけど、ほら、誠也ってオカルトとかスピリチュアルが大好きだったじゃない。

金欠のくせに変な御守りとか数珠をすぐ買ってくるし、ネットで見かけただけの予言にビビったりして、とにかく影響を受けやすいというか。

それでさ、ある晩、誠也は行きつけのバーで、初めて来店したっていう、神社の三男坊と知り合ったらしいのよ。

すっかり意気投合して乾杯していたら、その三男坊から、妙なバイトの話を持ち掛けられて、その場の勢いで引き受けてきちゃった。

そのバイトというのが、「実家の神社では、七年に一度、外部の人には見せない秘密のお祭り、いわゆる『秘祭』を行っている。成人したので、神社の三男坊としてもうすぐ開催する秘祭に参加しなくてはいけない。でも神社の仕事に関わりたくないし、昔からあのお祭りは気味が悪いので参加したくない。そのことを神主である父親に伝えると、替わりの参加者を連れて来いと言われてしまった。もし秘祭に興味があるなら、普通なら絶対に見られないお祭りに参加できるうえに、交通宿泊費のほかに、バイト代として五万円払うので、替わりを引き受けてくれないか」という内容だった。

誠也はあの性格だから、スピリチュアルへの好奇心と、たかが五万円のバイト代に釣られて、ホイホイと引き受けてしまった。

まあそれだけなら、好きにしてくれって話なんだけど、なんとあの馬鹿、三男坊から「替わりを数名連れて来いと言われているから、他にもいれば紹介料も追加で払う」と言われて、「恋人も連れて行く」と勝手に約束してきちゃったの。

私は行きたくない、絶対に嫌だって断ったんだけど、「二人分のバイト代と紹介料があれば、今月分の家賃が払える」って拝み倒してくるわけ。

私のバイト代まで、当たり前のように懐に入れようとしているから、もう呆れるのを通り越して笑っちゃった。

あいつ、根性ないくせに、お金が絡む時だけ妙に粘り強かったりするでしょ。いくら断っても床に手をついて頼むもんだから、とうとう根負けして、私もその秘祭へ同行することになったの。


それから三週間後、十月●日が秘祭の開催日でね。

場所は秘密にされていたから、当日、待ち合わせ場所に指定された田舎の駅前で待っていると、神社の三男坊が集落の人と一緒に、黒のハイエースで迎えに来てくれた。

お祭りの参加者は、誠也と私、それに初対面のおじさん。

どうやらおじさんのことも、三男坊が飲み屋でスカウトしたみたいで、なぜかスーツ姿だったから、「お仕事から直行ですか?」と話しかけたら、「いえ、服はもうこれしかないんです……」とか言うわけよ。

こいつもバイト代目当てかよ、辛気臭いなあ、と最初から気が滅入っちゃった。

でも誠也はニコニコでさ、「秘祭って何やるんだろ。すげえパワーの儀式だったら、俺らもすげえ幸運になるんじゃないの」とか、子どもみたいにはしゃいでた。

車に乗ろうとしたら、「撮影と記録は禁止だから」と、スマホやタブレットなどの通信機器、カメラやレコーダーなどの記録媒体を預けるように言われたの。

そんなの聞いてないと抵抗したけど、そうしないと祭りに参加できないと言われて、今さら引き返すわけにも行かないから、三人とも渋々、スマホとカメラを預けた。

いざ車に乗り込むと、窓を黒い布で覆っているし、運転席と後部座席の間にも黒い布をかけたお手製の仕切りが設けられていて、目隠しこそされないものの、これからどこに向かうのか、私たちに判らないようにしていたの。

なんだか誘拐されるみたいで、ますます嫌な気分になった。

外は見えなくても、車の走る感覚で、ぐねぐねした山道を走っているんだろうな、というのはなんとなくわかった。

そうやって二時間近く車に乗っていたから、待ち合わせた駅は、きっと最寄りでも何でもないんだろうね。わざと離れた駅に集合させたんだと思う。

布の隙間から赤い西日が射し込んできた頃、ようやく車が目的地に着いた。

そこは小さな運動場くらいはありそうな開けた場所でね、広い敷地の中に幾つも篝火が焚かれていた。

木の板が何枚も組み合わさったものが燃やされていて、夕陽より真っ赤な火柱が大人の背丈より高く燃えている。あんなに本格的な篝火なんて初めて見たよ。

火の周りには、地元の人たちが二十人くらい集まっていて、忙しそうに作業をしている人もいれば、折り畳み椅子に腰かけて、すっかり酔っ払っている人もいる。

篝火の奥には、そんなに大きくないお社が建っていたから、ここが神社の境内であることと、地元の人が集まって、お祭りの準備をしているのがわかった。

神社の三男坊は車を降りると、「それじゃあ僕はここで」といなくなっちゃった。

代わりに現れたのが、黒い三角帽子に、白装束を着た五十代くらいの男の人で、やたら渋い声で「この社をまかされている者です」と挨拶してきた。

そしてこの神主さんが、これから何をするのか、ひとしきり説明してくれた。

境内の奥にあるお社は、普段みんなが手を合わせるための拝殿であって、祭事を執り行う本殿は、山のてっぺんにあるって言うのよ。

集落の人たちは、一晩中境内で篝火を焚くんだけど、私と誠也、おじさんの三人は、陽が落ちた後、神主さんの後を付いて山を登ると、山頂にある本殿まで一緒に行かなくちゃいけない。

しかも山を登る時は、神主さんを先頭に全員を紐でつないで、一列になって山道を歩かなくてはいけないの。

神主さんが言うには、百年以上前、山のてっぺんで小さな古墳が見つかったらしいんだけど、偉い人のお墓だったら国に管理されちゃうから、山を奪われるのを嫌がった持ち主が、こっそり古墳を壊して、埋め直してしまったんだって。

ところが古墳を壊して埋めた場所から、黒い何かが湧き出てきて、山に立入る人を次々と呑み込んでしまうようになった。

怖くなった山の持ち主は、しかるべき所に相談したらしいんだけど、調査に訪れた人からは、「黄泉につながる入口が、小さく開いてしまっている」と言われたらしいの。

地元の人で協力して、麓に拝殿、山頂には本殿をそれぞれ建ててからは、山に出る黒い何かは少し鎮まったんだけど、それでも時が経つにつれ、少しずつ悪いモノが染み出てきてしまって、やがて人を呑み込むようになっていく。

だからこのお祭りは、七年に一度、このお社を預かる神主さんが、参列者と共に、溢れた穢れを集めながら山頂まで登り、本殿の下に封じ直す神事なんだって説明された。

参列者は神主さんと一緒に山道を歩いて、穢れを集めながら登るって言うんだけど、ただの言い伝えかと思っていたら、陽が落ちて、そろそろ山へ入ろうという時になって、御札みたいなものをベタっと背中に貼り付けられたの。

真っ赤な文字で書かれているんだけど、漢字じゃないみたいで私には読めなかった。潰したお米みたいにネバネバした糊が塗られているから、服の繊維にも絡むように貼り付くんだけど、こっちとしては、人の服に何してくれるんだ、と腹が立ってさ。

ふざけんな！　と文句を言ったら、神主さんが真剣な顔で、これは穢れから身を守る札だから、山を下りるまで決して剝がしてはいけません、とか言うわけ。

誠也もおじさんも神妙な顔をしちゃってるし、周りの人もまるで私が悪いみたいな目でじっと睨んでくるから、私もそれ以上は何も言えなくなっちゃって。

次に巫女さんの恰好をした女の子が、白くて長い紐を持ってきて、まず先頭を歩く神主さんの腰に一周巻きつけると、少し間隔を空けてから私の腰にもぐるっと巻いて、次は誠也、最後はおじさんの順で、紐で全員を一列につなげたの。

シャン　シャン　シャン　シャン　シャン

って、巫女さんが鈴を鳴らしたら、祭囃子（まつりばやし）が鳴りはじめて、そうしたら飲んだり騒いだりしていた人たちも、全員黙って静かになった。

神主さんは、私たちのほうを振り向いて一礼すると、「では参りましょう」と言って、真っ暗な山道へ歩きはじめるの。

厭だったけど、紐でつながれちゃってるし、今さら逃げ出すこともできなくて。

先頭の神主さんから、私、誠也、おじさんの順番で、一列になって山に入るわけ。

こんな変なお祭りに参加させられて、虫やら蛇やらが出る夜の山を歩かされるなんて、ぜんぶ誠也のせいだと思って、後ろを振り返って「バイト代、少し私にも渡してね」と文句を言っていたら、神主さんが前を向いたまま、怖い声を出して言ったのよ。

「この山は、人を呑みます。余計なことを喋らず、振り向かずに歩いてください」

こんな言われ方したら、もうお喋りもできなくて、仕方なく黙ったまま、神主さんの後を付いて歩くしかなくなった。

あなた、夜の山に行ったことある?

信じられないほど深い闇で、びっくりしちゃった。

一人ずつ懐中電灯は持っているんだけど、光なんて数メートルも届かない。

前を歩く神主さんの背中と、自分の足元を照らすのが精一杯。

私は高校生まで陸上部だったし、ちゃんとスニーカーも履いてきたから、なんとか山道を歩くことができたけど、舗装された平らな道じゃないし、石や木の根でごつごつして、すっごく歩きづらかった。

たぶん私を二番目にしたのは、女の速度の基準にしたんだと思う。

私が立ち止まったり、歩調がゆっくりになれば、神主さんにもすぐわかるでしょ。

そう思ったら、こんな細かいところに気が利くわけだから、七年に一度しかやらないお祭りに、この神主さんは何度も参加していそうで、大人しく後を付いていけば大丈夫かな……って、少し安心していたんだよね。

だけど、山道を十五分くらい歩いた頃かな、後ろにいる誠也が、「あれっ？」と不思議そうな声をあげたのよ。

「神主さーん、後ろの人なんですけど、急に足音がしなくなって、紐を引きずる感じがしたんで、手繰り寄せてみたら解けちゃってました。なんか後ろのおじさん、はぐれちゃってるみたいでーす」

「お静かに！　この山は人を呑むと言ってるでしょう。声を出さず、振り向かず、立ち止まることなく、このまま山頂をめざします」

険しい声色でそう言って、神主さんは止まりもせず、そのまま歩いて行く。

山道で参列者がはぐれたのに、待とうとも探そうともしないなんて、とても信じられない気持ちだったけど、誠也も「ええっ……嘘でしょ？」と驚いていた。

誠也は神主さんの言うことを無視して、「おーい、おじさんどこー？　大丈夫かなー？」と大声を出しながら歩いていたけど、しばらくすると、タッタッタッと駆け寄る足音と共に、すぐ後ろからおじさんの声がしたの。

「ごめんごめん。紐が解けちゃってさ。やっと追いついた。こっちに、紐を渡して」

「あっ、よかったです。どうぞ……」

つながった紐の感覚で、誠也が後ろを振り向いたのがわかったんだけど、次の瞬間、ふっと紐が軽くなって、何の気配もしなくなったの。

後ろからは、ズルズルズル……と、紐が引きずられる音が聞こえる。

「ねえ、誠也？　ちょっと、どこにいるの？」

私がいくら呼びかけても、誠也は返事を寄越さない。

おじさんも、誠也も、誰の気配もなくなったの。

「すみません、彼氏もはぐれたみたいなんです。ちょっと待ってください」

いくら呼びかけても、神主さんは振り返りもしないし、立ち止まりもしない。

堪らなくなって、「ちょっと！」って神主さんの背中を思いきり叩いたんだけど、それでも返事すらしないで、私を無理に引きずるように歩き続けるのよ。

すっかり怖くなっちゃって、もう逃げようと腰に巻いた紐を外しかけていたら、すぐ後ろ、耳元で囁くほどの距離から、「おぉい……みさとぉ……」って誠也の声がしたの。

「みさとぉ……こっちにひもをわたしてくれよぉ……」という誠也の声。

「すいませぇん……はぐれちゃいましたぁ……ひもくださぁい」というおじさんの声。

でも、私と神主さんの足音しか鳴っていないから、後ろに居るはずないんだよね。怖いから振り向かないで、足元だけを見て必死に神主さんの後を付いて行くんだけど、「みさとぉ……みさとぉ……」っていう誠也の声が、ずっと後から追いかけてくる。

もう本当に耐えられなくなったから、腰の紐をそーっと解くと、神主さんを一人で行かせることにしたの。

紐を外して、懐中電灯を消して、その場から動かずに立っていたら、紐を引きずる感覚でわかったのか、神主さんはすぐに立ち止って後ろを振り向くと、紐を手繰り寄せながら、「……やった!」と嬉しそうに言ったのよ。

私が懐中電灯を点けて、「まだ生きてますよ」と言ってやったら、こちらを見てびっくりした表情になっていた。

「後ろを振り返ってもいいんですか?」

「構わん、あれは嘘だ」

「振り向いちゃダメなのは、背中の目印が見えにくくなるから……ですよね」

「…………」

「この山に居るモノは、後ろから人を襲うんですか？　目印は……背中の御札。きっとそれを狙って、順番に呑み込んでいくんですよね」

私ね、ちょっとだけ人より勘が鋭いのよ。

霊感っていうの？　たまーに、見えたり、聞こえたり。

オカルト大好きの誠也と付き合ったのも、それがきっかけだったりするし。

背中に御札を貼られた時、カーッって灼けるみたいに熱くなって、凄く気持ち悪くなったから、山に入ってからバレないように、こっそり御札を剥がしていたんだ。

最初は、手に持っていれば問題ないでしょ、くらいに思っていたけど、そうしたらおじさんと誠也が順に消えたから、これって後ろから何かが来てるのかな……、だとしたら背中の御札って何の役にも立ってないし、それどころか、もしかして御札のせいで狙われてるんじゃないかな……って直感したの。

「書いてある字は読めないですけど、私たちの御札は赤い字なのに、神主さんの御札は黒い字ですよね。書いてある内容も違ってそうだし。これって生贄と、神主さんとを区別してるんですか？

　穢れなのか、神様なのかわからないけど、きっと私たちは、何かを鎮めるための捧げ物なんですよね。

　御札を目印に一人ずつ呑み込まれて行って、最後に神主さんが本殿で儀式をしたら鎮まるっていう、そういう秘祭なのかな……って思ってます」

　神主さんはしばらく黙り込んだ後、「まあいい、二人で充分だ」と呟いた。

「祭りの日は、山全体が穢れているから、たとえ目印がなくても、私でなければ無事に下山できるかはわからんぞ。今夜の出来事は他言無用、さっさと立ち去れ」

　さすがに自分の手で人殺しは出来ないと思ったんだろうね。

　このまま見逃してもらえそうだったから、急いで山道を引き返して、暗闇の中を必死に下山したんだ。

　でも、神主さんの言う通り、やっぱり怪我はしちゃってさ。

境内に血塗れで辿り着いたら、集落の人たちはぎょっとしてたし、「戻って来ていいのか？」なんて困った顔もしてたけど、何とか救急車を呼んでもらうことができた。

そのまま入院することになって、意識が戻ったのは翌日の夕方だった。

お医者さんや警察の人は、すでに集落の人から、何が起きたのか聞いている様子なんだけど、私がちゃんと説明して、「彼氏と男性が行方不明になった」といくら訴えても、「あなた以外、誰も山に入っていないとみんな証言している」とか、「山を捜索しても他に遭難者はいなかった」とか、最後には「立入禁止の山に一人で夜入るから怪我をした」なんて、まるで私が悪いみたいに言われたの。

誰も真剣に話を聞いてくれないし、捜索しようともしてくれない。

なんかおかしいと思ったけど、私も怖くなっちゃってね。

一応、警察には誠也のことを伝えたわけだし、そのまま帰ってきちゃった。

元から別れようと思っていた相手だから、誠也がいなくても悲しくなかったし。

あれから一度も連絡がないから、無事ではないんだろうなあ……とは思ったけどね。

でもね、私だって何が起きたのかは知りたかったから、少しは調べてみたんだよ。場所のおおよその見当はついていたから、神社を片っ端から確認していったんだけど、あのお社はどの神社にも該当しなくってさ。

きっとあれは正式な神社ではなくて、地元の人間が建てた神社風のお社なんじゃないかって思うのよ。だから、神社の三男坊なんていうのも、全部ウソ。

聞かされた話がどこまで本当かはわからないし、あんなことを何度繰り返してきたかもわからないけれど、田舎の小さな山を鎮めるために、居なくなってもバレなさそうな人間をわざわざ外からスカウトしてくるなんて、ちょっと考えにくいじゃない。

だから案外、穢れを鎮めるというのは口実で、あれは生贄を捧げることで、偉い人が願い事を叶えたりするような、そういう特別な場所だったり、儀式だったりするのかなって、そんな風に思ってるんだ。

だけど、あの神主さんが首謀者なら、同じことはもう二度とできないはず。

私が背中から剥がした御札、どうしたと思う？

途中で、背中を叩いて呼ぶふりをして、神主さんの背中に貼り付けてやったんだ。元からある黒い字の御札を隠すようにして貼ってやったから、たぶんあいつ、山頂まで無事に辿り着けなかったと思うんだよね。

＊＊＊＊＊

ここまで話した実里さんは、「だから誠也の居場所は知らないんだ」と締め括った。にわかに信じ難い話ではあるが、目の前の実里さんが嘘を言っている雰囲気もない。興信所に依頼しても見つからない兄の行方が、山での遭難なら合点もいく。ただここにきて、香織さんの胸の内に、ふつふつと怒りが沸いてきた。

「御札が目印だとわかったのに、どうしてお兄ちゃんに教えなかったんですか」

「そんなこと言われても、剝がした時は気持ち悪かっただけで、これが良くないものだなんて確信もなかったし。これからお祭りがはじまるって時に、神主さんの前で変なこと言えるわけないでしょ」

「……酷い。ちゃんと注意してくれたら、居なくならなくて済んだかもしれないのに。恋人のくせにお兄ちゃんを見殺しにして、恥ずかしいと思わないんですか？」

「はぁ？　行きたくもないのに、無理に付き合わされたのは、私のほうなんですけど」

「だいたいの場所は判ってるんですよね？　私、お兄ちゃんを取り返しに、その山へ探しに行ってきます。罪悪感のひとつでもあれば、実里さんも付き合ってください！」


香織さんがそう言った途端、実里さんの顔が憤怒の表情に一変した。

そして、「ふざけんなよ！」と一喝すると、右足を喫茶店の机の上にドンッと置いた。

周囲の客もこちらのテーブルを注視する中、実里さんはスカートをさっと捲り上げる。

ブーツとスカートに隠された実里さんの右脚は、膝から下が義足だった。


「お前のバカ兄貴に付き合わされたせいで、背中の目印がなくたって、山を下りている際中に、地面から突然黒い塊が湧いてきて、片脚ごと持っていかれたよ。

そんなに行きたきゃ、お前一人でやれッ！

そして兄貴を取り戻すついでに、あたしの脚も取り返してこい！」

実里さんの右脚を見て、すっかり怖くなった香織さんは、一人で山へ行くのは諦めたものの、今でも誠也さんを探すことは諦めてはおらず、一緒に山へ行ってくれる同行者を募っているのだという。

「お兄ちゃんがいないとダメなんです。自分より夢見がちで、自分よりいい加減で、それでも平然と生きているお兄ちゃんが、『大丈夫、願えば叶う』って言ってくれないと、大嫌いな父に言われ続けたほうの生き方が、私に追い付いてきちゃうんです」

香織さんは話を聞かせてくれた後、「一緒に、黄泉の国へ探しに行きませんか」と私にも声をかけてきたのだが、「僕では役に立ちません」と丁重にお断りさせてもらった。

山のてっぺんにある、黄泉の国につながる小さな穴。そんな話を安易に信じるわけではないが、『古事記』に記された黄泉比良坂（よもつひらさか）の神話を思い返すかぎり、神であるイザナギですら、黄泉の国から妻を取り戻すことはできなかった。

神にすらできないことが、人の身にできる道理がない。

最後に私がそう伝えると、香織さんは悔しそうに唇をぎゅっと結び、「取り返します。誰を、何人犠牲にしても」昏い声でそう呟くと、夕暮れの街に消えて行った。

深淵に至る

家族連れが溢れる休日のファミリーレストランで、人から紹介された取材相手を待っていると、周囲の家族連れとは、明らかに浮いた雰囲気の二人組がやって来た。

一人は光沢のあるサテン生地の派手なシャツに、黒いジャケットを羽織ったホスト風の恰好をした若い男性で、神経質そうに落ち着きなく周囲を見渡し、やがて待ち合わせ相手の私のことを発見すると、周りの目も気にせず「どうもー」と甲高い声を出して、大きく手を振りながら近づいてきた。

もう一人は着古してよれたジャンパーを着た大柄な中年男性で、浅黒い肌に深い皺の刻まれた顔はどこか虚ろに見え、背中を丸め、くたびれた様子でゆっくり歩いてくる。

柄の悪い紹介者からは、「ガチでヤバい話が聞けるから」と、内容すら教えてもらえないまま、半ば強引に「いいから金を出せ」と数万円の仲介料をふんだくられていたので、もし待ち合わせ場所に誰も来なかったらどうしようと気を揉んでいたこともあり、少々奇妙な組み合わせの二人ではあるが、まずは来てくれたことに胸を撫で下ろした。

ただ紹介者からは、「体験者は田畑という五十代のおっさん」と聞かされており、若い男のほうは呼んだ覚えがない。関係性を訊いてみると、田畑さんと以前一緒に仕事をしていた仲なので、今日は付き添いで来たという。

「田畑のおっちゃんはさ、ある出来事を境にして、一切喋らなくなったんだよね。だからそれまで一緒に仕事してた俺が、おっちゃん目線で話を聞かせてあげるよ」

「できれば、体験者ご本人の口からお願いしたいのですが……」

「ははは。それならまあ、やってみなよ」

確かに田畑さんは、挨拶もせずに座ると、あとは無表情にテーブルを見つめており、食事すら横にいる若い男が、「おっちゃんも俺もハンバーグ」と勝手に注文していた。

私は「田畑さん」「お話よろしいでしょうか」と何度も声をかけてみたが、目の前に置かれた食事にすら手をつけようとせず、じっと俯（うつむ）いて返事をしない。

やがて若い男は「ほらね」と鼻で笑い、「だから俺が話しますよ」と語りはじめた。

田畑さんは五十歳を過ぎるまで肉体労働をして稼いできたが、ある時大病をして、それ以来、身体を使う仕事ができなくなってしまった。

高校を中退してから、肉体労働の現場ひと筋、デスクワークはしたことがなく、パソコンもまるで使えない。ハローワークでも「何ができるんですか？」と馬鹿にされてしまい、これから何をして、どうやって生きていけばいいのか途方に暮れていた。

ある晩、このまま貯金が尽きたらホームレスになるしかないと、安いだけが取り柄の居酒屋で、店主相手にくだを巻いていると、横にいるスーツ姿の男が声をかけてきた。

「僕は不動産屋なんですけど、うちの会社はちょっと面白い仕事を募集しているので、よければバイトしてみませんか？　日給二万円で、ひとつの現場がだいたい一週間から十日なので、十四万から二十万円くらいはまとめて稼げますよ」

「悪いけど、病気をしてから体力がなくて、現場仕事は無理なんだ……」

「大丈夫、体力はまったく必要ありません。パソコンのスキルもいらないし、未経験者歓迎です。大切なのはね、ココですよココ、ハートです！」

スーツの男は自分の胸を叩きながら、営業スマイルでにっこりと笑う。

「この仕事が向いているかどうかは、本当にハート次第なので、よければ一度試してみませんか？　実はすぐ近くに、適性テストをできる会場があるんです」


もう夜の九時を過ぎている。この時間から急に仕事なんて明らかに怪しいが、テストに合格すれば、即金で二万円を支払ってくれるという。しかも、今後もその仕事を続けるかは、テストに合格した後で決めて構わないと提案された。

貯金額はもう、十万円を切っている。今の苦しい状況で二万円は大きい。

田畑さんは腹を括って、不動産業を名乗る若い男に付いて行くことにした。


男と店を出てタクシーにしばらく乗ると、会社が保有しているという建物の前で降ろされた。少し古びてはいるが、綺麗な外観のマンションで、男は田畑さんを三階にある部屋へと案内した。

テストというので、試験場のようなものを想像していたが、2LDKの室内は普通に人が住んでいる民家で、リビングのソファにはホスト風の男と、恋人らしき女がいて、仲良さそうに二人でいちゃついている。

田畑さんが「お邪魔します」と挨拶しても、二人は無視して返事もしない。

不動産業の男は、「この二人は住人なので、放っておいてください」と言って、これから行うテストの内容を説明しはじめた。


やることは簡単で、この部屋で朝までひと晩過ごすだけ。

ただし、朝になり男が迎えに来るまで、玄関の外に出てはいけない。

また室内で使用できるのは、寝室に敷かれた布団とトイレだけで、風呂場や洗面所、キッチン、テレビ、冷蔵庫などはすべて使用禁止であり、玄関だけでなく、勝手に窓を開けても失格になると説明された。

「携帯電話や通信機器は一旦預からせてください。終わったら返します。やることは朝まで過ごすだけなので、このまま布団で眠って構いません。とにかく、私が迎えに行くまで、絶対にこの家から出なければ合格です」

まるで意味のわからないテストだが、男はそれ以上の説明をしてくれず、携帯電話と引き替えにペットボトルの水を一本渡すと、そのまま部屋から出て行ってしまった。

寝室には布団も敷かれているし、住人のことを気にする必要もない。このまま朝まで眠れば終わる簡単なテストだ。何のテストかわからないが、深く考えるのをやめ、田畑さんはそのまま布団で横になった。

酒が入っていたのですぐに寝ついたが、深夜、大きな物音と男の悲鳴で目が覚めた。住人であるホスト風の男だろうか、「痛い、やめろ、痛い、やめ……ぐあっ！」と苦しそうな呻き声が、リビングのほうから響いてくる。

室内には複数の人間がいるようで、明らかに日本語ではない怒号が飛び交っており、「やめてくれ」という男の悲鳴と共に、殴る蹴るの激しい暴力の音が聞こえてきた。

田畑さんは驚いて起き上がろうとしたが、身体がまったく動かせない。

呻き声がするので横を見ると、住人の女が猿轡を噛まされて顔だけを出し、あとは布団に巻かれて紐で縛られるという、いわゆる簀巻きの状態になっていた。

身体が動かせないので判らないが、おそらくは自分も縛られているに違いない。

リビングから聞こえていた男の叫び声が弱々しくなって消えると、今度はズルズルと重いものを玄関の外へ引きずり出す音が聞こえ、しばらくして、寝室に三人の男たちが入ってきた。

交わす言葉が何語かはわからないが、顔立ちは東南アジア系のように見える。

顔を隠そうとすらしていないので、厭な予感がしていたが、男たちは冗談らしきことで大笑いした後、そのうちの一人が簀巻きにされた女の上にひょいと跨り、手慣れた動きでグッグッグッと首を絞めはじめた。

女は「んーっ、んーっ」と激しく唸って身を捩ったが、どうにも抵抗のしようがなく、やがてガクガクと全身を痙攣させて静かになった。

男たちは動かなくなった女を布団のまま抱えると、玄関の外へ運び出した。

次は間違いなく田畑さんの番なので、早く逃げ出したいのだが、まったく身体が動かないので、横へ転がることすらできない。

込み上げる恐怖に怯えながら、動け、動けと祈るような気持ちでいると、急に上半身が軽くなって、ガバッと布団から身を起こすことができた。

てっきり縛られていると思い込んでいたが、どこにもそんな形跡はない。

ただ、立ち上がろうとして、下半身が動かないことに気いた。

なるほど、足が縛られていたのか。そう思った田畑さんは、掛布団をサッと捲った。

布団の下には、腫れてひしゃげた男の顔があった。

全身血塗れの男が、絡みつくようにして、田畑さんの両脚に抱きついている。

顔は殴られて変形しているが、リビングにいた住人の男に違いない。

ぎゃあああああああ

田畑さんが悲鳴を上げると、男は霧のようにスウッと消えた。

ここでようやく、自分が今見たのはこの世のモノではなかったことに気がついた。

動けるようになったので、恐るおそる家の中を見て回ったが、リビングには暴力や血の跡などは残っておらず、電気と水道は通っているものの、生活感は一切なくて、冷蔵庫の中も空っぽであった。どうやらこの部屋には、そもそも人が住んでいないようだ。

だとしたら、ここで自分が見聞きしたものは、いったい何なんだ。

あまりにも怖いので、すぐにでも逃げ出したかったが、そうすると報酬の二万円が貰えない。田畑さんは寝室の隅で膝を抱えながら、まんじりともせず朝を迎えた。


翌朝七時過ぎ、昨日の男が姿を現わし、震える田畑さんを見て満足そうに頷いた。

「いやあ、凄いっす。この部屋はテスト用なんで、監視カメラが仕掛けてあって、外からずっと見てたんですけど、一度も外に出ようとしませんでしたね」

男は笑顔でそう言うと、「実は……」とテストの内容を説明しはじめた。

「うちの会社が持ってる物件には、ここみたいに人が死んだり、殺されたりした部屋がいくつかあって、そのせいで『出る』ようになった部屋があるんです。そういう物件に日給二万円で、一週間から十日間ほど暮らしてもらって、起きたことを報告していただくというバイトです。報告を元に、その物件がまだ使えるかどうかを、うちの上層部が判断するんですが、今回はその適性を知るテストでした。

普通は横で人が殺されたり、幽霊が出たりしたら、みんな部屋から逃げ出します。

幽霊を見るには繊細な感性が必要になりますが、霊感のある繊細な人はやっぱり逃げちゃうので、田畑さんみたいにお金のほうに執着する人って滅多にいないんです。繊細なのに図太い。あなた、この仕事にぴったりですよ。よーーし、合格！」

男は田畑さんを指差して、もう一度、「ごうかーく！」と大きな声で叫んだ。

田畑さんが、部屋で見たものは何だったのか尋ねると、男は「さあ」と肩をすくめて、「僕は幽霊が見えないのであんまりよくわからないんですけど、昔、あそこで見た通りの事件があったらしいですよ。あれはウチの物件の中でも特別で、『視える』人が行くと再現映像みたいに、当時の様子を幻視しちゃう。物件としては価値ゼロですが、テスト向きなんで今でも使ってるみたいです」と、他人事のように淡々と答えた。

結局、田畑さんはこの仕事を引き受けたので、翌週からすぐにバイトが始まった。

やることは簡単で、先日と同じ不動産会社の担当の若い男に連れられて、何かが起きた事故物件へ行くと、そこで決められた日数、寝泊まりをするだけである。

期間中は部屋から一歩も出られず、窓はおろかカーテンすら勝手に開けてはいけないし、携帯電話はずっと預けなくてはいけないので、普通の人間ならかなりの苦痛を強いられるはずだが、外でやりたいこともなく、親しい友人もおらず、携帯電話もあまり使わない田畑さんにとっては、それくらいどうということもなかった。

生活も快適で、毎朝顔を出す若い男に伝えておけば、一食二千円以内なら朝昼晩と好きな弁当を届けてくれる。しかも一食につき、ビールも一本飲ませてもらえた。

テストとは違うので、風呂にも入れるし、冷蔵庫には水やお茶が入っているし、物件にもよるがテレビを観ても構わない。何よりバイト中は食費も光熱費もかからないので、二十万円近い報酬を丸儲けすることができた。

田畑さんは立て続けに五回もバイトをこなしたが、そのうち『出た』のは三回だけ。物件によっては、幽霊の姿を見たり、声や物音を聞いたりと、それなりに怖い思いをしたが、最初のテストが一番怖かったので、あれと比べると別にたいしたこともなく、せいぜい「痛い」「苦しい」「助けて」と、今さらどうにもできないことを、死んだ人間がつらつらと訴えてくる程度だ。

あまり怖くない理由は、もうひとつあった。

会社の人間がずっと見張ることはできないので、物件に泊まるバイトは必ず二人一組であり、こっそり外に出たり、人を呼んだり、隠れて外部に連絡をしないよう、バイト同士で互いを見張らせて、問題があれば弁当の支給時に報告をする決まりがあった。

こんな特殊なバイトをやる人間はほとんどいないのだろう、名前や素性は明かされなかったが、毎回、同じ男とペアになった。ほとんど喋らない無口な若者だったが、それでも近くに人が居ると安心できたので、怖さも半減して乗り切ることができた。

指定された宿泊期間が終わると、会社からいつもの担当者が姿を現すので、そこで体験したことを詳細に報告する。

例えば「先週は深夜に三回、男の呻き声を聞いた」と言えば、「あーなるほど。ちなみに男の姿は見えました？　喋ってる内容わかります？　時間は毎回同じ？　もう一人のバイト君はどうだった？」などと細かく質問される。

そして最後には、「まだいけそうかなあ……。まっ、上に報告して判断仰ぎまーす」と担当者が軽いノリで締め括り、現金で報酬を手渡しされて仕事が終わる。

田畑さんが五回目のバイトを終えた数日後、いつもの担当者から電話があった。

「先日はお疲れさまでした。終わってすぐに申し訳ないんですけど、今夜から一泊の仕事があるんですが、どうでしょう。ただ、今回の物件はむちゃくちゃヤバいです。担当からすれば完全にアウトなんですが、一度はバイトに試させないと上が納得しないみたいで……。今回は一泊だけ。相当ヤバいから一晩五万円です。やります?」

まともに働くことのできない田畑さんには、このバイトが頼みの綱である。

「もちろん引き受けます」と即答すると、その日の夕方に現場へと向かった。

すると、いつもは部屋の中まで案内する担当者が、今回は離れた場所から部屋を差し、

「あのマンションの一階だから」と鍵を渡してきた。

確かに今回はいつもと雰囲気が違っている。普段はノリが軽い担当者も、今日は真剣な面持ちで、「おっちゃん、よく気をつけてな」と肩を叩かれた。

鍵を開けて中に入ると、そこはワンルームのマンションで、玄関脇にキッチンがあり、そこから奥の部屋まで全体が見渡せる。

ただ、部屋の床全体に、ブルーシートが敷かれていた。

しかも室内には、錆びた鉄のような臭いが充満している。

なんだここは、と思って足を踏み入れると、いつも一緒になる若者が先に来ていた。

「やあ、今回もよろしく。それにしても酷い臭いだね」

「血の臭いですよ。いくら掃除したって、消えないモノもありますから」

「えっ、これ血なの？　こんな臭いがしてるのに、人に貸せるもんかねえ……」

田畑さんが首を傾げていると、無口な若者にしては珍しく、急に饒舌に語りはじめた。

こんな部屋、普通に人が住むわけないでしょう。

おっちゃん、僕らがやってる仕事を何だと思ってるんですか。

担当者の男なんて、スーツは着ているけど明らかにチンピラで、あんなの普通の会社員なわけがないでしょう。どう考えても、僕らを雇ってるのは堅気じゃないです。

しかも僕らが聞く声って、いつも「痛い」「苦しい」「助けて」「許して」そんなのばっかりですよ。おかしいと思わないんですか。

おっちゃんは知らないだろうけど、いまはネットで検索すれば、自殺や殺人のあった部屋なんて、わりと簡単に調べることができるんです。

だけど、僕らがこれまで泊まった部屋は、調べても何ひとつ出てこないんです。

あんなにたくさんの人たちが、苦しんだり、呻いたりしてるんだから、きっと何人も死んでいるはずなのに、どこにも履歴が残ってないんですよ。

それってつまり、まったく事件になっていないってことです。

そして事件にならないのは、死体が出ていないからだとは思いませんか。

気づいてました？　僕らが寝泊まりしていた部屋の上下左右、隣り合う部屋は全部、空き部屋になっていたんですよ。後でちゃんと確かめたから本当です。

だいたいこの前泊まった部屋なんて、全室に防音加工がしてあったでしょ。

要はどの部屋も、大声や悲鳴をあげたって、聞こえないようになってるんです。

担当者の言う『上層部』が、まだ使える部屋かどうかを判断するのは、もちろん賃貸の話なんかじゃなくて、違う使い途（みち）に決まってます。

若者はそう一気にまくし立てた後、「一回、窓を開けてごらん」と呟いた。

寝泊まりする部屋にはいつもカーテンが引かれていて、窓を開けるのも禁止である。

それをよくわかっているはずなのだが、若者は窓を指差してもう一度言った。

「おっちゃん、いいから窓を開けてごらん。外の風を入れたほうがいいよ。この仕事は、絶対に引き受けちゃダメなやつだ。今すぐ帰ったほうがいい。窓を開けてみたら、僕の言ってることがわかるから。ほら、早く……」

あまりに強く言ってくるので、田畑さんはしぶしぶカーテンを引いて窓を開けた。

心地良い外の風が吹き込んできた途端、充満していた血の臭いがスッと消えた。

えっ？　と不思議に思い若者のほうを振り向くと、床一面に敷かれていたブルーシートは跡形もなくなっており、染みひとつないフローリングの床が広がっている。

そして、すぐ傍にいたはずの若者もまた、その姿を消していた。

寝泊まりする物件の玄関には、緊急連絡用の固定電話が置かれている。よほどのことがない限り使用は禁じられており、無断で使用していないか履歴も厳しくチェックされるのだが、田畑さんは迷うことなく受話器を取ると、担当者へと電話をかけた。

そして、同僚が消えたことや、彼に聞かされた話をありのままに伝えた後、この部屋はどうなっているのか、あの若者は大丈夫なのかと担当者を問い詰めた。

「いやまあ、確かに人に貸す部屋というのは嘘です。ただ僕も下っ端のペーペーなんで、うちの会社が部屋を何に使っているのかはよく知らないんですよ。

まあヤバいことに使ってるのかなあ……とは思いますが、そこら辺はほら、気にしないほうがいいんじゃないですか、お互いに。

今いるその部屋なんですけど、ワンルームだし、一人で充分かと思って、昨日、あの男の子にバイトを頼んだんです。ところが朝になったら姿を消していて、まあ住所はこっちも押さえてますから、すぐに家まで行ったんですけど、帰宅した様子も一切ないし、携帯電話を預けたままいなくなるのも変なので、結構心配してたんです。

でもおっちゃんの前に現れて、また煙みたいに消えたっていうんなら、どうやらもう、この世のモノじゃなさそうですねえ。逆に安心しました。はははは」

　担当者は、いつもの軽い口調で楽しそうに笑った後、突然、凄みの利いた低音になり、

「で、どうするんだよ。引き受けるの？　引き受けないの？　今帰ったら、五万は出さないぞ。たった一晩でいいんだ、おい、やるよな？」と脅すように言ってきた。

　田畑さんは「わかりました」と返事をして、そのまま仕事を続けることにしたのだが、翌朝になり担当者が部屋へ行くと、玄関脇のキッチンで、血塗れになって倒れていた。

　幸い命に別状はなかったものの、障害が残るような大怪我をしたうえに、その日を境に一切口を利かなくなってしまった。

　いくら尋ねても答えないので、あの夜、いったい何があったのか、未だにわからないままなのだという。

　私の目の前に座っている若い男は、ハンバーグを頬張りながらここまで話し終えると、

「もうわかってると思うけど、不動産の担当者っていうのが、俺ね」と笑った。

「おっちゃんとは、いつもたくさんお喋りしたから、話はこれでだいたい合ってると思うんだけどね。まあ細かいところなんかに、俺の想像が入ってたらごめんな。ただ実は俺もさあ、おっちゃんを部屋へ迎えに行った時に大怪我しちゃってね。おかげで会社も辞めさせられちゃったんで、もう義理もないっていうことで、こうやっておっちゃんを連れては、メシとか奢ってくれる人に話を聞かせているわけ」

男はそう言って話を締め括ったので、どうやらこれで終わりのようである。

「結局、あの部屋で何が起きたのかは、わからないままなんですか?」

そうと私が訊くと、男はニヤニヤしながら、妙なことを言い出した。

「まあねえ、本人が喋らないんだからわからないよね。でもその代わり、面白いものを見せてあげるよ。わざわざおっちゃんを連れて来た意味は、そこにあるんだからさ。いいかい、おっちゃんの目をよーく見て、あの夜、何があったのか訊いてみてよ」

どういうことかはわからないが、とりあえず、言われた通りのことを試してみる。

未だに食事にも手をつけず、無表情に動かない田畑さんを下から覗き込むと、強引に目線を合わせながら、「あの日の夜、いったい何があったんですか？」と尋ねた。

だが、訊いてはみたものの、田畑さんは無反応を貫いたまま、何も言わない。

仕方なく、目線を合わせた状態で、同じ質問を何度も何度も繰り返す。

すると五、六度目に訊いた時、田畑さんは突然顔を上げると、ハンバーグ用に置かれていたナイフを右手に持ち、机に置いている自分の左手へブンッと振り下ろした。

そして、指のある場所に向かって、ナイフを何度も叩きつける。

トントン、トントン、トントン、トントン
でも、ナイフの刃は、手の指に当たらない。

というのも、田畑さんの左手には、指が一本もないからだ。

本来は指があるはずの場所を、トントン、トントンとナイフで叩き続けている。

あの晩、田畑さんがどんな恐ろしい目に遭ったのかはわからない。

でも田畑さんが、なぜ血塗れで発見されたのか、その理由だけはよくわかった。

「うひゃひゃひゃ……これ本当にウケるでしょ。何回見ても笑えるわ」

隣に座る元不動産業の男は、その様子を見ながら腹を抱えて笑っているのだが、そんな彼もまた、笑いながら右手にナイフを持って、自分の左手の親指があるはずの場所を、トントン、トントン、トントン、とずっと叩き続けている。

彼の左手には、親指がない。

部屋へ行った時、自分も大怪我をしたと話していたが、なるほど、これのことか。

男は親指のあった場所をナイフで叩きながら、ほとんど白目を剥いて笑っている。

その姿を見ながら、どうして彼が会社を辞めなくてはいけなくなったのか、その理由もまたわかったような気がした。


休日の昼下がり、家族連れで賑わうレストランの店内で、二人の男がナイフを握り締めたまま、一心不乱に、トントントントン……と、指のあった場所を叩き続ける。

二人の瞳は、深淵を覗くかのように真っ暗だ。

私は長年怪談の取材を続けてきたが、これほど背筋が凍った場面も他にない。

猿の手

「いやー、マジで謝礼が振り込まれてて笑ったわ。全部私の嘘かもしれない話に、言われた通りの額で先払いしちゃうんだ。怪談師ってなに、ヤバい奴なの…？」

そう言って電話口で大笑いするのは、昌子（まさこ）さんという三十代前半の女性。

昌子さんには、飲み屋で知り合った彼氏がいたのだが、この男がとにかく、金と女にだらしのない典型的なクズ男で、しかし昌子さんはそういう男が大好きだった。

飲食店のバイトのくせに、「フリーライター」と書かれた名刺を持っていて、店でメディアの人間に会った時だけ、まるで本職のライターのような顔をして名刺を配る。

知り合いが作っているフリーペーパーの飲食店紹介コーナーで、たいして美味しくもない脂ギトギトのとんこつラーメンをヨイショしたり、素人丸出しの小劇団をヨイショしたりと、何の実績にもならないような駄文を数行書いては喜んでいる。

こういうのを提灯記事って言うんだよ、と昌子さんが鼻で笑った時も、俺は提灯の記事なんて書いてないぞ？　と首を捻って（ひね）いるので、こいつは本当にルックスだけしか取り柄がなくて、馬鹿で可愛くて私好みの男だわー、と嬉しくなったくらいだ。

もちろん、初めて出逢った時は、年上らしい余裕もあって、大人の色気に溢れており、そこに惹かれた面はある。でも男はおしなべて馬鹿なので、三回くらいベッドを共にすれば、叶うわけもない無計画な夢物語を熱く喋りはじめたり、ありふれた個性しか持ち合わせていないくせに、堂々と自分語りをはじめたりする。

こういうのを恰好いいと思う女もいるみたいだが、昌子さんからすれば、そういう女はみんなクズ男のカモにされるバカ女だ。とはいえ、クズ男もなぜかそういう女のことを純真で可愛いと思うので、どっちもどっちのバカさ加減ではあるのだが。

特別な個性なんて十万人に一人くらいしかいないし、持って生まれる必要もない。

ニンゲンの群れに産み落とされたんだから、ニンゲンの群れの中で、自分の力で生きていくだけで充分だろう。夢とか幸せとか、すぐ口に出す奴にはうんざりだ。

そんな昌子さんにとっての人生とは、明日まで生きていくために、たとえやりたくないことでも今日の務めを果たし、そして今日のメシ、今日のサケ、今日のオトコを存分に楽しんで、明日がくるまでよく眠る。そういうものだった。

とはいえ昌子さんもまた、自分がありふれた人間なのをよくわかっており、こうして他人を小馬鹿にはしてみるものの、恋愛をすれば、人並みに嫉妬もするし腹も立つ。

彼氏とは、付き合う前に「俺カノジョいるんだよね」と言われたが、「そんなの構わないから、私とも付き合おうよ」と口説き落としたので、二股なのは知っている。でも彼氏のほうだって、それならぜひ、と大喜びで尻尾を振ったわけだから、二番手ではあるにせよ、昌子さんだって恋人のはずである。

それなのに、彼氏が「カノジョ」と口にする時は、自分ではなくもう一人の女のことなので、腹が立って「私はカノジョじゃないのかよ」と思いきり鳩尾(みぞおち)を殴ってやったら、「ごめん、もちろん昌子もカノジョだよ。わかった、今度からはあっちを『本命』って呼ぶわ」とか言い出したので、ますます腹が立った思い出がある。

ただ、彼は本命のほうとは会っていない様子なので、このまま一緒にいれば、やがて昌子さんが本命に昇格するはずだし、そうならないと悔しいから、このまま意地でも付き合い続けてやる、という気持ちでいた。

ところが彼氏は、最近「忙しい」ばかり言って、会おうと言ってもまるで誘いに乗ってこない。少し前までは、「昌子が一番気持ちいい」なんてクズ丸出しの台詞を言ってくれたのに、ここ半月ほど会おうとすらしないので、もう一人、別の女を作った可能性がある。昌子さんは、彼氏の家へ押しかけて、女がいないか確かめることにした。

彼氏は何のプライドなのか、ほとんどの女には、自分は都心の実家暮らしだと嘘をついており、男女の仲になる時は、一人暮らしなら相手の家へ行くか、あるいはホテル代を女に払わせるかして、自分のボロ家には女を入れないようにしてきた。

ところが、プライベート空間を浸蝕されるのが嫌いな昌子さんは、決して自分の部屋に彼氏を入れなかったし、ホテル代は男が払えと強固に主張したので、なら彼氏の家で会おうということになり、昌子さんは彼が住む小汚い団地の部屋へと招かれる、唯一の存在となっていた。

この日、昌子さんは「あと一時間で行くから絶対部屋にいて」と突然連絡を入れた後、彼の部屋を強襲してみることにした。

インターホンも押さず、持っている合い鍵で玄関を開けて室内に飛び込むと、予想に反して室内には女の気配が一切なく、薄暗い部屋の中で、小汚いノートと木箱の前に、神妙な面持ちの彼氏が正座をして待っていた。

そして昌子さんのことを嫌がる素振りもなく、「いやー待ってたよ。実は手伝ってもらいたいことがあるんだ。今、金になりそうな面白いネタを仕入れてるんだけど、まずは実際に試してみる必要があってね」とにっこり笑った。

彼氏が語るところによると、最初の異変は、二つ上の階に住んでいる三人家族が姿を消した時からはじまった。

警察が家に訪れて、上に住む家族の子どもを見ていないか、変な物音を聞いていないかなど、いろいろなことを訊いてくる。

彼氏は何があったのか気になったので、同じ棟の住人にそれとなく聞いてみると、共働きだった夫婦が、いつも通り仕事を終えて帰宅した後、深夜になってからそれぞれの職場へ「今日で仕事を辞めます」というＦＡＸで入れて姿を消したのだという。

荷物は綺麗に整理されていたので、突発的なものではなく、計画的に姿を消したのは間違いないが、小学生の息子も一緒に姿を消したので、夫婦の親族から無理心中の可能性があると通報が入った。

一時期は団地内でも話題になったが、三人の行方は判らずじまいだった。

ところが、これだけでは済まなかった。

彼氏の所に再び警察が訪れて、今度は真上の階に住んで居る高齢の夫婦が姿を消して、娘から捜索願が出ていると聞かされた。夫のほうが認知症と腎臓病を患っていたので、命の危険もあるため、夫婦の行方を探しているという。

どうせ無理心中だろうと彼氏は思っていたが、「もう四世帯目ですよ」と警察官が面倒そうに溜め息をつくのを見て、彼の中で「これは何かある」と勘が働いた。

この団地では、ワンフロアに五部屋あり、しかも七階建てなので、三十五世帯がひとつの棟に住んでおり、それが二棟あるので合計で七十室になる。

そのうちの四世帯がいなくなっても気づかないうえ、建物の老朽化が進んでいるため五年後には取り壊しも決まっており、ここしばらくは転居者も増えている印象だ。

しかも自分を含めて経済的に厳しい人間や、お年寄り、病人も多いので、姿を消すといってもいろんな事情がありそうで、調べるほどのことはないのかもしれない。

それなのに、彼は何かありそうな予感でうずうずしていた。こういう勘は不思議と外れない。何か面白そうなことが起きているし、面白そうなことはたいてい金になる。


そこで彼氏は、団地内の人たちに聞き込み調査をすることにした。

「フリーライター」の名刺を持っているので、有名な雑誌の名前を出し、あたかもそこで記事を書くかのような顔をしたうえに、参考になる話をもらえたら、記事になる際には謝礼も払うと適当な口約束をして、各部屋を順に訪問して話を聞いた。

聞いた話を総合すると、同じ棟の五階に住んでいる自称霊媒師の女性が関わっているようで、いなくなった四世帯は、霊媒師の部屋に出入りしていたらしい。

この女性は長く団地に住んでいるが、これまでは霊媒師でも何でもなく、近所のお総菜屋さんで働く中年女性だったのだが、一昨年頃から突然、自分は霊媒師であり、占いもできるし、守護霊も見れるし、何よりあの世と交信することができるという内容を、手書きチラシに書き殴って、各家庭の郵便受けにポスティングするようになっていた。

言われると、彼も心当たりがあり、「亡くなってしまった大切な人に会えます」というチラシを読んだ記憶がある。

イカれた奴がいるなあ、と思っただけであったが、もしかすると今回は、カルト宗教が関わっているのかもしれない。

誰も女を相手にしなかったが、どうやら姿を消した三人家族だけは、この霊媒師の所へ行き、数年前に亡くなった長男に会わせてくれ、と頼んだようである。

驚いたことに霊媒師は、この夫婦の要望に応えることができたようで、彼らは周囲の人たちに「あの霊媒師は本物だ。死んだ息子に会えた」とふれ回っていた。

住民と付き合いのなかった彼氏は、まったくの初耳だったのだが、どうやら団地内では話題になっていたようで、それ以来、霊媒師の部屋には人が集まるようになり、ちょっとしたサロンのようになって、占いだけでなく、降霊術もやっていたようだ。

ところが、霊媒師の所に通っていた人たちが、例の三人家族を皮切りに、順に姿を消していった。団地の住人からは「何らかのカルト宗教が関わっているのではないか」と警察や管理会社への通報もあったようだが、姿を消した者はみな書き置きを残し、荷物も片付けており、人によっては翌月の家賃まで先払いして振り込んでいたりしたので、明らかに自分の意志で消息を断っており、拉致監禁など事件性はないと判断された。

ただ、霊媒師の女性自体もしばらく姿を見かけないので、もしかすると霊媒師もまた姿を消しているのではないか、と噂されていた。

ここまで聞き取りをした彼は、早速、霊媒師の女が住むという部屋を何度も訪問してみたのだが、インターホンを押して、ドアを叩いても誰も出て来ないうえ、ドアに耳を当てても室内に人の気配はなく、電気メーターも動いていなかった。

若い頃、いろいろな仕事をやっていた時期に、簡単なピッキングの技術を身につけていた彼は、まず自宅のドアで試し、問題なく開けられることを確認したうえで、真夜中にこっそりと霊媒師の部屋へ忍び込むことにした。

インターホンを押し、室内に人の気配がないことを確かめてから、ピッキングしようとしてドアノブを握ると、なんと鍵がかかっておらず、そのままドアが開いてしまった。

ただ、昼間に訪ねたときは、インターホンを押した後、ドアノブもガチャガチャと捻（ひね）ってみているのだが、その時は確かに施錠されていた。

ということは、今は霊媒師が在宅しているということになるのだが、ドアを開けて耳を澄ませても、やはり室内からは人の気配や物音がまったくしない。

仕方なく玄関をくぐり、「すいませーん」と声をかけたが、やはり返事はなく、中は真っ暗で、玄関横のスイッチを押してみたが、なぜか電気が点かない。

持参した懐中電灯で照らしてみたが、ブレーカーは落ちていないので、不審に思って天井を照らすと、なんと電灯そのものが外されていた。

静かに室内に侵入してみると、物がほとんど置かれておらず生活感がない。まるで、家具だけ残して引っ越しをした後のようだ。

リビングへ行くと、ここで祈ったり、儀式をしていたのだろう、小さな祭壇らしきものがあったが、やはり祭礼に使うものを置く場所も綺麗に片付けられていた。祭壇のすぐ横には文机が置かれており、その上には丁寧に畳まれた白装束とメモの書き置き、そして一冊のノート、縦長の木箱が載せられていた。

書き置きには、「私は行きます」とだけ書かれている。

チラシの字と似ているので、おそらくは本人のものだろう。

どうやら霊媒師の女性は、他の住人と同じく、部屋を片付け、書き置きを残して、自分の意志でどこかへ姿を消したようである。

これ見よがしに残してあるノートと木箱は、この部屋に訪れた者に託すつもりで置いてあるのだろう。彼はノートと木箱を小脇に抱えると、部屋を出てどちらも自宅へと持ち帰った。

ノートの一ページ目には、「これを読む人へ」と書かれていたので、明らかに他人へ向けて残した内容である。

Ｂ５サイズの学習ノートは、自分の考えるあの世とこの世の在り方や、想像している天国の様子などを細かい字でびっしりと書いてある。ノートの前半はすべてそうした内容で、このあたりは霊媒師のお気持ちを延々と綴っているだけなので、読んでも何のことやらまるでピンとこなかった。

ただ、ノートの後半には、「あの世とこの世の境目をつなぐ方法を見つけた」と興奮気味に書かれており、それを行うための手順や儀式のやり方、使用する物などについて具体的な方法が記されていた。

霊媒師はこの方法で、「死んでしまった大切な人たち」を呼んでいたようである。

細かい手順や段取りを割愛すれば、まず部屋の中の電気をすべて消し、どこかひとつの扉を開けて、その前でノートに書かれた呪文を読みながら、木の箱に納められた呪具を手に持ってかざし、もうこの世にはいない、会いたい人のことを念じ続けると、やがてあの世とこの世がつながって、扉の向こうに亡くなった人が現れるというものだ。

昌子さんの彼氏は、こんな話を一気にまくし立てると、「軽く試してみたら、本当にあの世につながる感覚があったんだよね。本格的に試そうと思っていたところに昌子が来るというから、一緒に儀式を手伝ってもらおうと思ったんだ」と言い出した。

だが、こんな話を急に聞かされても、昌子さんは信じる気になれなかった。

彼氏は「死んだ人間を呼び寄せたらすげえ稼げる」などと喜んでいるが、こんな貧乏団地で人生に疲れた人間が何人いなくなろうが不思議でも何でもない。

「そんな気色悪い儀式はどうでもいいから、私の相手をしてよ」と昌子さんが言うと、彼氏は「いいから、まずはこれを見ろよ」と木の箱を昌子さんの前に差し出した。

縦が五〇センチはありそうな長方形の大きな箱で、相当古い物なのか、箱の表面はあちこち傷んでおり、木に塗られた塗装も剥げ、黴(かび)が生えて変色している。

彼氏が上蓋を外すと、汚い布にくるまれた、焦げ茶色の棍棒らしき物が現れた。

「何これ……？」と昌子さんが手を伸ばしたところで、彼氏が「猿の手だよ」と笑うので、昌子さんは伸ばした指を急いで引っ込めた。

「ノートに書いてあったんだけど、どうやらミイラ化した猿の手なんだ」

「へえ……そうなんだ……」

「これには相当な力があるみたいでね。霊媒師も数年前に、偶然人から譲り受けたみたいなんだ。これを手に持って開いた扉にかざしながら、ノートに書いてある呪文を読むことで、この世とあの世がつながるらしいんだよ。

猿の手でそんな魔法が使えるのか……？　と思って調べてみたら、ジェイコブズというイギリスの小説家が書いた、『猿の手』っていう話があったんだよ。

この話には『三つの願い事を叶える猿の手のミイラ』が出てきて、この猿の手を手にいれた老夫婦が、まず家のローンを完済したいと願ったら、翌日彼らの息子が工場の事故で死んでしまって、工場から出た弔慰金が、ぴったりローンの残額だったんだ。

嘆いた母親は、二つ目の願いで息子を生き返らせてほしいと頼むんだけど、そうしたら本当に何者かが家の玄関をノックするんだ。でも息子の悲惨な遺体を見た父親は、恐ろしいことが頭に浮かんだので、最後の願いでドアの外の何者かを帰らせるんだ。これはホラー小説なんだけど、あちこち似ていると思わない？　会いたいという願い事、猿の手のミイラ、あの世から来る大切な家族、それに扉。この本に書かれていることには真実が含まれていて、死者を呼ぶ猿の手は、実際に存在していた！　……というのが俺の説なんだよね」

自説を披露して得意気な彼氏だが、昌子さんは目の前の猿の手から目が離せない。

「……ねえ、あんた私の仕事知ってるよね」

「当たり前だろ。俺の大好きなセクシーナースちゃんだからね」

「学校嫌いのあんたと違ってさ、私これでもちゃんと大学で勉強して看護師になってるんだよね。猿のことはよく知らないけど、たぶんこれ、人間の手だよ」

昌子さんがそう言うと、彼氏は目を丸くして「ええっ……」と絶句した。

ただ、まるで厭そうではなく、「実はさ、何で猿……？　って思ってたんだよね。でも猿と誤魔化しているだけで、本当は人間の手なら納得だよ。これって、凄い霊能者の手だったりして……」とミイラの手を前にして彼氏はますます興奮している。

「なんかますます儀式が成功しそうな気がしてきたよ。

それじゃあ昌子に手伝ってもらって、本格的な儀式をはじめよう。

俺が猿の手を持って、ノートの呪文を唱えるから、昌子はドアを開けた寝室の扉を見ながら、会いたい人のことを強く念じてほしいんだ。死んじゃった家族とか友達とか、誰でもいいからさ」

「は？　何言ってんの、気持ち悪いから絶対イヤだし」

「昌子は信じてないんだから別に怖くないでしょ。でも儀式が成功したら、それはそれで凄くない？　これを出版社とかテレビに売り込んだら稼げるぞー」

どんなに昌子さんが嫌がっても、彼氏は「呪文を唱えながら、会いたい人を念じるとか俺には無理だって。そもそも会いたい奴なんていないし」「まあ一回やってみようよ」

などと言いながら、半ば強引に儀式を開始してしまった。

彼氏は家中の電気を消して、片手にノート、片手にミイラ化した手を持ち、昌子さんの前に正座すると、よくわからない呪文を唱えはじめた。

そして昌子さんには、会いたい人のことを考えながら、開けてある寝室の扉の方を向けと言うので、仕方なく昌子さんは目を瞑(つむ)ると、死んだ父親のことを考えた。

背が高くモデルみたいに恰好よくて、優しいけどよく殴って、プライドが高いくせに泣き虫で、絵なんて上手くないのに芸術家気取りで、ママに食べさせてもらってるのに賭け事が大好き、最期には浮気相手に刺されて死んだ、クズみたいな私のパパ。

ああ、パパに会いたいなあ……。パパのせいで、私はクズみたいな男ばっかり好きになるって、たくさん文句を言いたいなあ……。

すると急に、昌子さんの身体が前に引っ張られた。

驚いて目を開けても、自分を触ったり、引いたりはしているものはない。

それなのに、身体は扉の向こうの暗闇へ吸い込まれそうな感覚がある。

ここにきて、昌子さんの心に、初めて恐怖の感情が湧いてきた。

自分にミイラ化した手を向け、一心不乱に何かを唱えている彼氏の姿が、酷くおぞましいものに思えてしまい、「ちょっと止めて」と昌子さんは立ち上がって電気を点けた。


「今思ったんだけど、なんで私がやらなくちゃいけないの？」

「そんなあ、いい感じだったじゃない」

「この儀式した人って、『行きます』とか書き残して、みんないなくなってるんだよね。なんでそんな危険なものを、私にやらせようとしてるの？」

「いや、一人だとうまくできない儀式だからさ……」

「そんなわけないでしょ。だって最後にやった霊媒師のおばさんは、一人でやって成功してるんでしょ。横で見ててあげるから、本当に一人だとできないのか、まずはあんたが試してみてよ。しっかり準備しちゃってさ。何が『ちょうどいいところに来た』だよ。最初から、私にやらせようと思って待ってたんでしょ」

「頼むよ、一緒にやってくれよ。だって、万一のことがあったら怖いだろ」

「万一って……やっぱり私に何かあってもいいと思って試してるんだ。信じらんない。

同じことをアンタが大好きな本命のカノジョにできるわけ？」

「おい、ふざけんな。なんであいつの話するんだよ。大好きな子に試すわけないだろ」

「うわ……さすがに引いた。もう帰る」


怒りで頭に血がのぼった昌子さんは、足元の木箱を思いきり蹴り飛ばすと、「ごめん」「待って」と縋ってくる彼氏を振り払い、そのまま部屋を後にした。

ただ、数日して怒りが収まると、昌子さんは彼氏のことが心配になってきた。

珍しく本気で調べていたし、確かに儲け話にもなりそうだ。

あのビビりが一人で儀式を試せないのもわかるから、「泣いて謝ったら許してあげる」とメッセージを送ったのだが、何通送っても返信がない。

勤め先の飲食店に顔を出しても、ここしばらくは出勤していないうえ、彼と連絡がつかないから店側も困っている、と言われてしまった。

こうなるともう、行きたくはないのだが、もう一度あの部屋へ行くしかない。

仕事の後、彼の住む団地まで向かったが、夜の八時を過ぎているのに、彼の部屋の電気が点いていないのが外からもわかる。

昌子さんは部屋の前に立ち、インターホンを何度も連打したが、彼氏は出てこないうえに、室内から物音も聞こえない。

ドアノブを掴んで回してみると、鍵はかかっておらず、ガチャッと扉が開いた。

中を覗くと、この前来た時とは見違えるほど室内は整理整頓されて、隅々までしっかりと掃除もされていた。

冷蔵庫の中は空になっており、日用品の類は処分したのかどこにも見当たらない。

箪笥（たんす）の引き出しを開けてみたが、中には何も入っていなかった。

室内には、あの霊媒師のノートも、腕のミイラの入った木箱もない。

ただ、リビングの食卓の上に、一枚の紙が載っていた。


「僕は行きます」


紙には彼氏のものとわかる字で、それだけが書き残されていた。

いったい、何が起こったんだろう。

昌子さんはどうしていいかわからず、その場で茫然と立ち尽くしてしまった。

どれだけの時間、そうしていただろう。

一分かもしれないし、一時間かもしれない。

ガタッ　ズーーーッ

音がしたので横を見ると、寝室につながる引き戸が、ゆっくりと開いていく。

リビングは電気が点いているので、寝室にも明かりが差し込むはずだが、なぜか扉の向こうはやけに暗くて、寝室の中に誰がいるのかわからなかった。

すると、暗闇の奥から、彼氏の声が聞こえてくる。


まさこ……まさこ……こっちにおいで……

まさこ……まさこ……こっちにおいで……


もしかすると、隣の部屋では、彼氏が待っているだけなのかもしれない。

だが昌子さんは寝室へ入るどころか、そちらを向くこともできなかった。

まさこ……という呼びかけには応えずに、昌子さんは急いで部屋から逃げ出すと、もう二度と訪れることはなかった。

結局、日が経っても、彼氏の行方はわからないままだった。

いろんな人間が行方を探し回り、田舎の両親も警察に捜索を願い出たようだが、事件性がなかったからだろう、捜査されることもなく、彼はそのまま姿を消した。

大好きではあったが、あのクズ男らしい最期ではある。

それに彼が消えてから、「私が彼女」という女が何人も出てきたので、昌子さんは自分が二股相手ですらなく、ただの遊び相手だったということがわかって、真剣に心配するのも馬鹿らしくなっており、ミイラを使って変な呪文なんか唱えるから、きっと地獄にでも落ちたんだろう……としか思わずに、そのまま二年以上の月日が過ぎた。

ところが、最近になり、昌子さんは不愉快な噂を耳にするようになった。

彼が「本命」と呼んでいた女が、しばらく姿を消していたのに、最近また昌子さんが遊んでるエリアに姿を現して、新しい男まで連れて楽しそうにしているらしい。

あの夜、彼が「大好きな子に試すわけないだろ」と言った時の、胸の痛みが甦る。

だから、ちょっとしたイタズラをしてやることにした。

人づてに女の連絡先を聞いて、「彼が貴女に会いたがってる」と嘘をついた。

あの団地は、もう取り壊すことが決まっているので、今は誰も住んでいない。あの廃墟になった部屋へ行って、彼はもう二度と自分の元に帰って来ないと思い知ればいい。


「それなのにさ、あの女の新しい恋人から連絡があって、彼の部屋に行った女が姿を消したから、行方を探してるって言われたのよ。いやー、あれにはマジでビビった。

彼氏が言ってたんだ。自分の住む場所は『神隠しマンション』って噂されてるって。

ミイラの手もないし、誰も儀式をしていないはずだけど、何度もあの世とこの世をつなげ過ぎちゃって、もしかしたら、あちこちに扉が開いてるのかもしれないね。

ちなみに、私はなーんにも後悔してないし、悪いことをしたとも思ってないよ。

本命ちゃんだって、まともな彼氏がいるのに、結局はあのクズ男が好きなんでしょ。

きっとあの女と勇也(ゆうや)は、この世じゃない場所でいちゃついてるよ。

あいつら、お似合いカップルすぎて笑う。本当にいい気味だわ」

飲み屋で知り合った祥輔さんが、恋人の由紀さんが消息を断った話を聞かせてくれたのだが、さらに祥輔さん経由で、その原因となっていそうな、昌子さんという女性を紹介してもらった。

断られるだろうと思っていたのだが、謝礼を振り込んだところ、追加取材として、こんな話を聞かせてもらった。

神隠しマンションと呼ばれていた団地の一棟は、すべて取り壊された後、その一帯を大手不動産会社が再開発している。

その後、団地の跡地にはファミリー向けの戸建て住宅が建てられて、二十近い一軒家はすべて完売、今はその住宅地にたくさんの家族が暮らしている。

やがてここに住む人たちの誰かが、今は亡き大切な人と逢いたいと願うようになる時、再び扉が開く日は来るのだろうか。

あとがき ―怖い話へ、人生を捧げます―

本作は、『厭談　祟(たたり)ノ怪』『厭談　戒(いましめ)ノ怪』に続く『厭談』シリーズの三作目になりますが、前作が二〇二二年一月に発行されたことを考えると、ここに至るまでに三年近い時間を要したことになります。

前作を執筆した時の私は、まだ出版社に勤めており、会社員として働きながら怪談の語りや文筆をするという、二足の草鞋(わらじ)を履く生活でした。当初は難なくこなすことができていたものの、二作目の執筆中から持病の変形性頸椎症や咳喘息が悪化。怪談師として語りの仕事も増えていく中で、会社勤めをしながら執筆をすることが徐々に厳しくなっていき、二〇二二年には予定されていた本書の発行を見送ることになりました。

さらに悪いことに、二〇二三年二月には階段から転落し、九死に一生を得ましたが、折れた肋骨で肝臓が傷ついたせいで定期的に肝機能が悪化し、また頭を強く打った後遺症で、体調の悪化と併せて、めまいまでするようになりました。

このままでは一生、本を書くことができない。嘆く私へ追い打ちをかけるように、会社の経営陣から、「怪談をやめて仕事に専念するように」とお叱りを受けました。

さあ、いよいよ決断の時です。身体を壊していますから、怪談活動をやめ、同僚に支えられながら会社員人生を全うするのが、常識的な判断なのはわかっています。それでも私は、二択しかなくなったからこそ、「怪談ではなく会社を辞めます」と清々しい気持ちで上司に伝え、「好きなことでメシを喰う」という修羅の道を選ぶことにしました。

二〇二四年三月。私は五十歳を前にして、怪談師、作家などという、怪しげな職業へ身を捧げることになりました。そして会社を辞めたからには、一度は諦めた『厭談』の三作目を書き上げたい。本作はそんな私の想いで筆をとった三年越しの単著です。

とはいえ、久しぶりの執筆はなかなかに大変でした。夏の終わりから秋にかけて健康状態を崩しながらも、なんとか気力が途切れなかったのは、人生を捧げる「怖い話」への愛と、「楽しみにしている」と声援を送ってくださる読者の皆様、そして担当編集である小川よりこ氏の「待ってでも読みたい原稿」という温かい励ましのおかげでした。

たくさんの激励に支えられ、第二の人生への想いを込めてようやく完成した本作が、一人でも多くの読者の心に残ることを願ってやみません。

二〇二四年　十一月

夜馬裕

★読者アンケートのお願い

本書のご感想をお寄せください。アンケートをお寄せいただきました方から抽選で5名様に図書カードを差し上げます。
（締切：2024年12月31日まで）

応募フォームはこちら

厭談　畏ノ怪

2024年12月6日　初版第1刷発行

著者……夜馬裕
デザイン・DTP……荻窪裕司（design clopper）

発行所……株式会社 竹書房
〒102-0075　東京都千代田区三番町８－１　三番町東急ビル６F
email：info@takeshobo.co.jp
https：//www.takeshobo.co.jp
印刷所……中央精版印刷株式会社